見えない情事

小池真理子

双葉文庫

目次

見えない情事

ディオリッシモ

咲田悠子《さきたゆうこ》が目を覚ました時、医務室の保健婦は白衣を脱いで、ロッカーから青いサマージャケットを取り出しているところだった。

「あの……」悠子が身体を動かすと、保健婦は振り返ってほっとしたように微笑した。

「お目覚め？」

「どうしちゃったのかしら、私」

「軽い貧血。夏の疲れね」

「貧血？」

「そう。貧血。でも、大騒ぎでしたよ。いきなり、社員食堂で倒れたんだから」

「変ね。覚えてないわ……」悠子はベッドの上に上半身を起こし、乱れた髪の毛を片手で直した。「頭がどうかしたのかしら。いま、何時ですか」

「六時三十五分」と、保健婦は悠子のハイヒールをベッドの下に揃え、さっさと白い夏掛けの蒲団《ふとん》をたたみ始めた。

「きっかり六時間眠ったから、もう大丈夫」

「ごめんなさい。先生も、もうお帰りの時間だったんですね。起こしてくだされば良かったのに」

「いいんですよ」と保健婦は、ちっともよくないような口振りで言った。「貧血の時は途中で起こさないほうがいいんだから」

「ほんとうにごめんなさい。じゃ、私、これで……」

「また、具合が悪くなったらいつでもいらっしゃい」

悠子は礼を言って医務室を出た。まだ少し、頭がくらくらした。寝ていた時、よほど汗をかいたのか、全身がべとべとしている。

ロッカーから麻のジャケットを取り出し、ショルダーバッグを持って従業員専用の化粧室へ行った。三人の女子社員が一斉に悠子を振り返った。

「チーフ。大丈夫ですかあ」

彼女たちがつける香水と白粉の匂いが鼻について、胸がむかむかしたが、悠子は微笑を返した。

「大丈夫よ」

「びっくりしちゃった。棒のようになって倒れるんですもの」

棒のように? 悠子はいやな気持ちになった。何故、覚えていないのだろう。

「突然なんですよ。食堂のトレイを持ったとたん、バターンって。大騒ぎしたんですから」

悠子は力なく笑って水道の蛇口をひねった。女の子たちは化粧の手を休めて、じっと悠子を見ていた。

「なんだか、身体中、汗でべとべと。これから渋谷で夕食会なの。臭いって思われるわね」

「大変ですね、忙しくて。あ、これ、今、私たちがつけたとこなんだけど、ディオリッシモをつけませんか。軽い匂いでいいですよ」

ひとりが、悠子の答えも聞かず、小さな香水瓶から二滴ほど香水を指に取った。

「兄夫婦がパリに行った時のおみやげなんです。こっちでは高くてなかなか買う気になりませんよね。耳の下に塗りましょうか」

よく手入れされた柔らかな指が悠子の両耳の下を撫でた。きつい匂いが鼻腔を通り、胸のどこかを刺激しながら通り過ぎた。悠子は「ありがとう」と言った。

勢いよく出した水で手を洗い、夏用のコンパクトファンデーションを取り出して顔をのぞいた。

三十七歳。大手百貨店が私鉄沿線の高級住宅地に進出して、専門店ばかりを集めた新しい形のショッピングセンターを開業した折り、本店から統括マネージャーとして抜擢された。給料は驚くほどいい。学生時代に知り合った今の夫と成城の3LDKのマンションに住み、最近、伊豆に小さいながらも温泉付きの別荘を買った。

それにしては、コンパクトの中の鏡に映る自分の顔は、疲れた老女のようだ、と彼女は思った。

目の下にいくつかしみがある。何度かスポンジを使ってファンデーションを重ね塗りしてみた。が、しみは隠れるどころか、ひび割れのようになって浮き上がってきた。彼女は軽く舌打ちして、コンパクトを閉じた。

化粧室を出る時、女の子たちに「じゃあ」と声をかけた。彼女たちは口々に「お疲れ様」と答えた。お疲れ様。本当にその通りだった。働き過ぎて、自分の記憶にないところで突然、貧血を起こした女。まったくお疲れ様、だ。

彼女は通用口に向かって歩きながら、頭を振った。まだ三十七歳。男の同僚も羨む出世を果たすこともできた。子供がいないせいか、夫との仲も安定している。それなのに、最近、時々ひどく陰鬱《いんうつ》な気分に陥ることがある。今朝もそうだった。ずっとその気分から逃れられなかった。そのあげくに倒れたのだ。

仕事で格別にいやなことはない。部下に自分より年上の男たちもいるが、彼等ともおおむねうまくいっている。尊敬されてはいないが、少なくとも煙たがられることはないし、自分の悪口が耳に入ってくることもなかった。

なのに、どうして。何が不満だというのだろう……と悠子はまだ暮れきらない真夏の薄墨色の街を歩きながら思った。休日の夜、風呂あがりにビールを飲みながら夫に相談してみたこともある。が、一笑に付されてしまった。

「君が恵まれすぎてるからだよ。ぜいたくな悩みだ」

夫でなくても同じことを言っただろう。ぜいたくな悩み、幸せな悩み……であると。

私鉄の駅が見えた。ここから冷房のきいていない蒸し暑い電車に乗って三十分。本店の役員たちが自分を待っている渋谷のレストランに出かけると思うとうんざりした。ことさら仕事の話があるわけではない。月に一度、馬鹿げたほど格式ばったフランス料理店で、役員諸氏と懇談するだけ。これまで女っ気がなかったので、悠子は必ず招かれた。ていのいいホステス役なのである。

行きたくない、と彼女は思った。行ったらまた、棒のようになって倒れてしまうような気がした。風が吹いてきて、髪の毛が揺れた。ディオリッシモの香りがボブカットにしたさらさらの髪の束とともに、鼻先をくすぐった。

全身が熱っぽかった。なのに手の平だけが冷え冷えとしている。彼女は冷たい手を額に押し当てた。

子供のころはよく熱を出した。今から思うとあまり身体が強くなかったらしい。学校も月に二度は必ず休んだ。

父が勤めに出かけ、弟も学校に行ってしまうと、家の中で母とふたりきりになる。母はよく働いた。朝食の食器を洗うと、次に風呂場に行って洗濯を始める。狭い小さな家だったので、洗濯石鹼の匂いが悠子の寝ている部屋にまで漂ってきたものだ。熱でむかむかする胸が、石鹼の淡い香りを嗅ぐとすーっとした。

洗いあがった洗濯ものを抱えて、母は縁側から庭に降りる。悠子は蒲団の中からそれを眺める。庭の土の匂いが入ってくる。蠅がかすかな唸り声を上げて飛び交う。飼い犬の雑種のデコが、いったいどうしたの？　とでも言いたげな表情で縁先に丸い手を置き、悠子に向かって尾を振る。

「デコ」と悠子は呼んでやる。「悠子、また熱出しちゃった」

デコはいっそう強く尾を振り、きれいなピンク色の舌を出す。

「デコはいいねえ」と母が洗いあげた弟のパンツを片手に歌うように言う。「元気だね、デコは。病気ひとつしたことがない」

自分の名を呼ばれたデコは、今度は母にまとわりつく。サルビアの花のまわりを飛んでいた蜜蜂が、犬の動きに驚いて飛び去る。

隣の家の庭から、さっちゃんのお母さんが顔を出す。さっちゃんは悠子のひとつ下の女の子。よくふたりでカタツムリやタニシを採りに野山を駆け回ったものだ。

「あらあら、悠子ちゃんはお休みなの？」

とおばさんが部屋をのぞきこみながら言うと、母は苦笑する。

「そうなのよ。また熱を出したの」

「夏の風邪は長いからねえ。気をつけないと。そうだ、悠子ちゃん。おばさんがとっておきのシロップを作ってあげようか」

三十分もしないうちに、水飴に大根おろしをまぜたシロップを持って、おばさんはやって来る。「お大事にね、悠子ちゃん」と、玄関先で声がする。デコが吠える。母がデコを叱りつけながら、シロップと冷やした番茶を持って枕元に坐る。母のエプロンからは、うっすらとネギの匂いがしている。悠子は必要以上に大儀そうに身体を起こし、シロップと番茶を交互に飲む。デコが羨ましそうにそれを見ている。

あんまりシロップがまずいので、「ねえ、デコにあげようか」と言うと、母は苦笑し、彼女の残したシロップをひと飲みに飲み干してしまう……。

……気がつくと、悠子は電車の中にいた。昔のことを思い出しているうちに、いつのまにか電車に乗ってしまったらしい。少し汗をかいている。彼女は額に浮かんだ汗を指で拭った。

子供のころは幸せだった。誰でもそうなのだろうか。いや、違う。不幸な幼年時代を過ごした人は大勢知っている。自分がたまたま、幸せだったに過ぎない。

あの郊外の小さな街。まだ田んぼがあり、近くを流れる小川ではタニシが採れた時代。氏神様を祀《まつ》る神社で、夏には決まって祭りが行われた。勤めから帰った父にねだって、よく連れて行ってもらったものだ。煙草の形をした薄荷《はっか》パイプを音をたてて吸いながら、弟と金魚すくいをする。弟も悠子も不器用で、いつも二匹くらいしかすくえなかった。露店のおじさんが気の毒そうな顔をし、一匹おまけしてくれたりした。

ある夏、驚くほどたくさんの金魚がとれたことがあった。弟が欲しがっていたデメキンも三匹混じっていた。神社からの帰り道、父は金物屋で立派な金魚鉢を買ってくれた。

だが、その翌日、金魚は一匹残らず白い腹を見せて死んでいた。弟は泣き、学校に行きたくない、とだだをこねて母親を困らせた。その夜、父は帰宅途中、街道で脇見運転のトラックにはねられて死んだ。弟が八歳、悠子が十一歳の夏だった。

弟のユキヒロはどうしているんだろう、と悠子は考えた。十八歳の時、母親とけんかしてぷいと家を出てから一度も帰ってきたことがない。元気に暮らしていることはたまにくる葉書でわかっていたが、何をしているのか、誰と一緒にいるのか、まるで見当がつかなかった。母は弟のことを心配しながら、八年前、心臓を悪くして死んだ。葬式に顔を見せた弟の傍らには、栗色の髪をした三歳くらいの女の子と見事な金髪の若い女性が寄り添っていた。弟は母の納骨を済ませると、家族でアメリカに渡った。以後、音信はない。

電車の窓の外は暗くなっていた。夜風がひんやりして心地よい。悠子は深呼吸をし、我にかえった。馬鹿ね、あたしったら、と彼女は思った。どうして今ごろになって、昔のことばかり思い出すんだろう。本当に疲れているのかもしれない。少し、休暇でもとってのんびりしなくては。

ふっと自嘲気味に笑い、前髪をかき上げて周囲を見たその時。悠子は説明しがたい違和感を覚えて髪に当てた手の動きを止めた。

何かがおかしかった。電車はいつもの通り、規則正しい音を響かせながら走っている。乗客もいつも通り、おとなしく座席につき、雑誌を読んだり、居眠りをしたりしている。どことい って変わったところはない。

なのに何かがおかしかった。悠子は窓の外を見た。町の明かりが夜のとばりの中にぼうっとかすんで見えた。その風景が渋谷に向かう電車の車窓とは違うことに気づくまで、長くはかからなかった。

彼女は反射的に「いけない！」と声をあげた。隣に坐っていた制服姿の女子中学生の目と悠子の目が合った。彼女は照れ笑いをし、「この電車、渋谷行きじゃないんでしょう?」と少女に聞いた。古めかしいセーラー服をきちんと着込んだ少女は、一瞬、怪訝な顔をした。

「シブヤ?」

「ええ。渋谷に行くはずだったのに、間違って逆方向の電車に乗ってしまったみたい」

悠子は笑った。もしかするとこれを理由にして、夕食会を断れるかもしれない。

「次の駅はどこかしら」

少女はもう一度、怪訝な顔をした。

「終点まで止まりませんけど」

「え?」

少女はにっこりと微笑んだ。手にしたピンク色のケースに入ったそろばんが、カタカタと音をたてた。

「あのう」と、悠子はそのそろばんを眺めながら、おずおずと聞いた。

「この電車、田園都市線じゃないの?」

「違います」

「じゃあ、何……」

少女は恥じらうように頬を赤く染めた。

「もうすぐ終点です。終点でお降りになれば、わかります」

電車は速度を緩《ゆる》め始めた。いつものような少しうるさいほどの車内アナウンスも何もない。悠子は目を大きく開けて窓の外を窺った。

いくつかの畑や田んぼが見えた。裸電球が道の角にぽつりと光っている。見覚えのない、まったく見覚えのない風景。窓からしのびこんでくる空気は、日なたと土の匂いを含んでいる。夏の匂い。都会の匂いではない。今まで久しく嗅いだこともなかったような匂い。

悠子は自分がただならぬ状況にはまりこんでしまったことを初めて理解した。オフィスを出て、子供のころを思い出していた時間は、ほんの五、六分、長くても十分ほどに過ぎない。その間にぼんやりして、逆方向の電車に乗ってしまったことは考えられるが、だとしたら、駅に着くたびに車内に流れるアナウンスでもっと早く気づいただろう。

眠っていたわけではない。考え事をしていただけなのだ。なのに、どうして、いつのまにかこんな、見知らぬ土地へ来てしまったのだろう。

悠子はわけがわからなくなって身震いした。電車はホームに滑り込んで、ゆっくりと停車した。乗客がドアから降りていく。隣の席にいた少女はいつのまにかいなくなっていた。キツネにつままれた思いで悠子は席を立った。隣の車両から降りてホームを歩いて行くひとりの男と目が合った。悠子は心臓に杭を打ち込まれたようになって、吊革にしがみついた。

「父さん……」

父は悠子を見ても別に驚くことなく、軽い足取りでホームを横切って行った。昔、通勤の時にいつも着ていたグレイの背広。手には半分に切ったスイカをぶら下げている。

「父さん！」悠子は叫んで駆け出した。だが、父は振り返らなかった。

改札口で駅員がひとり、眠そうな目をして人々の差し出す切符を受け取っている。誰もいない木造の待合室では、ブタの形をした瀬戸物の蚊取り線香器が細長い煙を上げていた。切符も持っていないことに気づいて悠子が立ち止まると、駅員は無表情な顔で「どうぞ」と言った。彼女は言われた通り、切符なしで外に出た。彼女が通り過ぎると、駅員はすぐに改札口を閉めた。

駅の外には、だだっ広い未舗装の道路が左右に延びていた。街灯の裸電球のまわりに、無数の虫が集まっている。その駅で降りた人々は、左右に散り、あっというまに見えなくなってしまった。

悠子は父の後ろを五十メートルほど離れて歩いた。静かな田舎道だった。途中で父は背広のポケットから煙草を取り出し、立ち止まって火をつけた。鼻唄が聞こえてくる。父が愛唱していた「からたちの花」だ。

からたちの　花が　咲いたよ
白い　白い　花が　咲いたよ
からたちの　そばで　泣いたよ
みんなみんな　やさしかったよ

二十六年前の夏の夜、父の遺影の前で弟と焼香をした時のことが思い出された。遠くで雷鳴が聞こえていた。さっちゃんのおばさんが悠子に「からたちの花をお父さんのために歌っておあげなさい」と言った。悠子は泣けてきて最後まで歌えなかった。通夜に参列した近所の人、皆が泣いた。

父は星空に向かって煙草の煙を吐き、スイカをぶらぶらと前後に振りながら、雑貨店の角を曲がって車の通る街道を渡った。悠子は雑貨店をのぞいた。三毛猫を抱いた老女のトメさんがいた。昔、弟とよく買いに来たニッキ飴の匂いがした。

あまり長く店の前に立っていたため、トメさんが悠子に声をかけた。

「夜になるとしのぎやすいですねえ」

しわがれ声は二十六年前と同じだった。悠子は涙をためながら「トメさん」と言った。

「あたしよ。久し振りね」

トメさんは狼狽したような顔をし、次に首を振った。「存じませんが、どちらさんで?」

「悠子です。咲田悠子です」

「やだね、人をからかったりして」と、トメさんは顔をこわばらせた。「咲田さんちの悠子ちゃんはまだ十一歳だよ」

三毛猫がトメさんの腕の中で暴れた。トメさんは何か気味の悪いものでも見たような目をして、さっさと奥に引っ込んでしまった。

悠子は涙を拭うと、歩き出した。もう、父の後をついていかなくてもよかった。すべて、もうわかっていた。父が目指している小さな木造の家。いくつかの曲がり角。その向こうに見える氏神様の社。畑の堆積場。もう、目をつぶっていても歩いていける。

なつかしい家が見えてきた。隣のさっちゃんの家とまったく同じ作りの古ぼけた借家。アサガオの蔓《つた》がからみついている竹の垣根。巨大な鉛筆の形をしたトイレの脱臭塔。窓という窓にはこうこうと明かりがついていて、すだれ越しに人影も見える。

父はスイカを揺らしながら、竹の垣根の間を通り、玄関の引き戸の前に立った。悠子は息をひそめて、電柱の陰から様子を見守った。

「おかえりなさい」と声がして引き戸が開いた。母さんだ。母さんの姿が見える。いつもの白い、ネギの匂いのするエプロンをつけて。

「スイカ、買ってきたぞ。安かった」

「わーい」と、少年の声。ユキヒロ。あの時のままのユキヒロだ。灰色の半ズボンをはいて、綿の白い袖なしシャツを着て、丸坊主の頭をした弟。

悠子は嗚咽《おえつ》をこらえた。何故だか知らないが、声をかけてはならない、と思われた。こんなに近くに自分の二十六年前の幸せを見つけても、決して、声をかけてはならないのだ、と自分に言い聞かせた。

「悠子はどうした」

「デコの散歩だ、って出かけましたよ。途中で会いませんでした?」

「会わなかったよ。また、小川のほうまで行ったんだろう」

「父さん。スイカ、食べてもいい?」

「悠子が帰ってきてからにしなさい」

「はーい」

「ああ、今日も暑かったな。ビールでも飲むか」

「じゃあ、お食事は後にします？」

「そうしよう。まずビール。おっ、枝豆もあるのか」

「ええ。悠子とユキヒロに半分以上食べられてしまったけど。トメさんのところに来る農家のおばさんが安く分けてくれたの。おいしかったわ。ね、ユキヒロ」

「もっと食べたいな」

「何言ってるの。お腹こわしますよ」

庭のヤツデやアオキの木々の向こうに、茶の間が見えた。使わなくなった皿の上で蚊取り線香がくすぶっている。畳の上に転がるうちわ、父が手にしているグラス、薄いブルーのカバーがかかった座蒲団、そのすべてに悠子は記憶があった。

遠くで足音がした。ハッ、ハッという犬の息づかい。悠子は振り返るのが怖かった。あれは自分なのだ。二十六年前の自分。十一歳の自分と出会って、いったいどんな顔をしたらいいのだろう。

足音はあっという間に近づき、悠子が立っている電柱の前に来て止まった。悠子は見た。そこに立っている、紛れもない十一歳のころの自分の姿を。

十一歳の咲田悠子は、警戒するようなまなざしを悠子に向けた。デコが唸り声をあげ始めた。少女は中腰になって犬の背中を両手で抱き、犬に助けを乞うているようなしぐさをした。着ている黄色の水玉模様のスカートがふわりと地面についた。

あふれてくる涙をおさえながら、悠子は静かに言った。

「怖がらないでいいのよ」

「うちに何か御用?」少女はびっくりするほど大人びた口調で切り返した。昔の自分の声だった。生意気で、早口の、六年四組咲田悠子。

ううん、用はないの、と悠子は言った。

「ただ、ちょっとなつかしくて」

少女は黙って悠子を見ていた。犬の目と少女の目、合わせて四つの光が悠子を包んだ。

「デコ」と、悠子はたまらなくなって犬の名を呼んだ。犬は垂れた耳をほんの少し傾けて、必死になって悠子の声を聞き分けようとした。

「どうしてデコを知ってるの?」

「昔、うちにも同じ犬がいたの。やっぱりデコっていう名前だったから」

デコは突然、何かを思い出したかのように低く、しかし、親愛の情をこめて唸り、ゆっくりと尾を振り出した。悠子は涙で曇る目を手の甲で拭うと、デコに手を差し出した。犬の暖かい舌が悠子の手をやさしく舐めた。犬の目はうるんでいた。

「悠子。そんなとこで何してんの」

縁側に黒いシルエットが立った。悠子ははっとして手を引っ込めた。少女は母親に答えるでなく、かと言って走り出すでなく、同じ姿勢のままそこに立っていた。

「悠子ったら。父さんが甘いスイカを買ってきたのよ。一緒に食べよう」

それでも少女が黙っていると、縁側の黒いシルエットは奥に消えた。大きなカナブンが飛んできて、電柱に当たる音がした。悠子はそっと後ずさりした。少女が聞いた。

「ねえ、おばさんは誰？」

「おばさんは……」と言って、悠子は唇を歪めた。「未来のあなたなのだ」とはとても言えなかった。彼女は言った。

「ちょっと通りかかったの。怖がらせちゃってごめんね。昔、ずっと昔、おばさん、このへんに住んでたもんだから。つい……」

「住んでたの？　そうなの」

少女は初めて笑顔を見せた。涼しい風が吹いてきて、家の軒先で風鈴が鳴った。

「いいところね、このへんは」

「いいところよ。おばさん、この向こうの川でタニシ採りをしたことある？」

「あるわ」と悠子は言った。「たくさん採って、隣に住んでたお友達とどれだけ採れたか競争したわ」

「あたしとおんなじ」と、少女は顔を輝かせた。「さっちゃん、っていうんだけど、いつもタニシ採りの競争をするの。ほら、あそこのうちの子よ」

少女の指さす方向を見て、悠子は大きくうなずいた。縁側に再び、シルエットが浮かんだ。

「何してんの。悠子。みんな待ってるのよ。早く帰ってきなさい」

はーい、と少女は言い、デコの鎖を引いた。デコは足を踏んばって、鎖に引かれまいとした。少女はさらに強く鎖を引いた。

「もう行かなくちゃ。さよなら、おばさん。明日の夜は氏神様のお祭りよ。おばさんも来る?」

「行きたいけど、もう戻らなくちゃならないの」

「そう。残念ね。楽しいのよ。いつも父さんが連れてってくれるの」

「よかったわね。じゃ、さよなら。悠子ちゃん。元気でね」

「さよなら」

デコが大きく吠えた。悠子は曇る目で少女と犬が消えた庭のほうを見た。茶の間から皿の触れ合う音が聞こえてきた。

父さん……と彼女はつぶやいた。これまで経験したことのないような深い嗚咽が喉にこみ上げてきた。明後日、父さんは死ぬのよ。お祭りですくった金魚が全部、死んだ日に、父さんは死んでしまうのよ。

弟の笑い声がした。また風鈴がちりんと鳴った。母の笑い声も重なった。弟と母と父と、そして昔の自分の笑い声が風に乗って畑の向こうに流れていった。

不意に眩暈を覚えて、悠子は目を閉じた。身体がぐるぐると回り、地の底に吸い込まれていくような感じがした。彼女は電柱につかまって身体を支えた。風鈴が鳴り、夜風にヤツデの葉がさわさわと騒いだ。笑い声は依然として続いている。幸せな音。幸せな匂い。私がもっとも幸せだったこの時期。

悠子は空を見上げ、幾千幾万と瞬く星に向かって慟哭《どうこく》の呻き声を上げた。自分の声が耳もとで反響し、うねり、次第に音量を増した。父や母や弟や、かつての自分の笑い声が遠のいていく。風の音も、スイカが乗った皿とスプーンのかち合う音も、デコの吠える声も、その何もかも、あらゆる世界の音が遠のいていき、そして……。

「悠子。悠子」

身体が揺すられた。うっすらと目を開けるが、ぼんやりしていて何も見えない。

「悠子ったら。いったいどうしたっていうの！」

目に光が飛び込んできた。軽い吐き気が襲ってくる。彼女は目を閉じ、深呼吸した。心臓が蠕動《ぜんどう》運動しているのかと思われるほど胸が苦しい。

身体が無理矢理おこされ、誰かが両の肩をきつくつかんだ。「悠子！　しっかり目を覚まして！」

「先生に来てもらったほうがいいんじゃないか」と別の声。「ただの熱冷ましだなんて言って。睡眠薬か何かと間違ったんだ」

「いったいどうしたんだろう。いくらなんでも、もう目を覚ましてもいいはずなのに」

悠子はもう一度、目を開けた。ぼんやりとした視界の中に父と母が自分をのぞきこんでいる顔が見えた。父と母。その向こうに落ち着きを失ったようなユキヒロの顔。風鈴が鳴っている。遠くから、ヘリコプターが飛ぶ音が聞こえる。蚊取り線香の匂いがしみついた部屋のレースのカーテンが、窓からの風に乗って大きく舞い上がる。

悠子は飛び起きた。

「どうしたの？　こわい夢を見たの？」

母が悠子を抱いた。「馬鹿だよ、この子は。親を心配させて。夢を見ながら丸一日、熱睡してただけなのよ。あの先生が薬を間違うはずがないもの」

「やれやれ」と父の笑い声。「人騒がせだよ、悠子は。おかげで父さんもユキヒロも遅刻だ」

「でも、熱が下がってよかった。ほら、すっかり下がってる」

父が悠子の額に手を当てた。「よーし。今夜のお祭りに行けるかもしれないな」

祭りと聞いて悠子はしがみついていた母の身体から離れた。「だめ！　父さん！　お祭りに行ったらだめ」

「え？　どうして」

「金魚がたくさんとれて、明日の朝になると全部死んじゃうのよ。そしたらその夜、父さんは死ぬのよ」

「何言ってるの、この子は。よっぽど怖い夢を見たのね」

「夢じゃない。夢なんかじゃない」と悠子は泣きじゃくった。「あたし、戻ってきたのよ。母さん、わかって。あたし三十七歳まで生きてまた戻ってきたのよ。結婚してて、デパートに勤めてて、偉くなってるのよ。父さんも母さんも死んでて、ユキヒロはアメリカに行ってて、あたし、ひとりで電車に乗ったら、ここに来てしまったのよ。でも誰もあたしのこと知らないで、トメさんも知らんぷりで……」

ははは……と父も母も同時に笑った。「悠子が三十七歳のおばさんになった時には、父さんも母さんも年とって死んでるさ。当たり前の夢を見たんだよ、悠子は」

ちがう、ちがう……と声にならない声をあげながら悠子は泣きじゃくった。だが、父は時計をのぞくと、大慌てでグレイの背広を小脇に抱えた。

「さあ、遅刻、遅刻。ユキヒロも父さんと一緒に出よう。先生に怒られるぞ」

「夜はお祭りだよ。ねえちゃんと行くんだよ」

「わかった、わかった。金魚をいっぱいとろうな」

母が弟にランドセルを背負わせ、ふたりを玄関まで見送った。デコが庭で軽く吠えた。家の前の砂利道を通り過ぎ、畑道に出て行くふたりの足音がはっきりと聞き取れた。部屋のカーテンが、乾いた土の匂いをはらんだ風で大きく揺れた。

母が部屋に戻ってきて、微笑みながら悠子の前髪をかき上げた。母は「おや?」とその手を止めた。

「なんなの。この香水みたいないい匂い」

悠子は涙をためたまま黙っていた。母は鼻孔をふくらませ、「オシロイバナをつけたの? 悠子」と聞いた。

「オシロイバナなんかじゃない」

「じゃ何？　母さんのスズラン香水の匂いでもないし……」

「ディオリッシモ」と悠子は答えた。「ディオリッシモよ、母さん。あたし、会社の食堂で倒れて、そして若い女の人がこの匂いをつけてくれたのよ」

母は怪訝な顔をし、「変だよ、この子は」とつぶやいて台所に立ち去って行った。

春日狂乱

「まいるよ、まったく」

英司はカウンターの上で頬杖をついた。都心から少し離れたホテルのメインバーは、まだ時間が早いせいか空《す》いていた。カウンターの真中に丸々と太った中年のアメリカ人夫婦がひと組。ふたりともまだ三月になったばかりというのに、半袖の服を着ている。

英司はクリスタルの灰皿に載せておいた煙草をつまみ上げると、目を細めながら口にくわえ、隣にいる桃子を見た。

「こんな話をするつもりはなかったんだ。でも……」

「いいの」と桃子は前を向いたまま言った。「黙っていられるよりましですもの」

彼女はジンフィズの入ったグラスを玩《もてあそ》び、次に紙でできたコースターを長い爪で苛立たしげに引っ掻き始めた。耳の後ろでひとつに束ねただけの時代遅れの髪型が、そのしぐさと奇妙に釣り合っている。黒縁の眼鏡をかけさせたら、漫画に出てくるオールドミスの秘書そっくりだ、と英司は思った。

「自分のふがいなさに嫌気がさしてるよ」彼は言った。「何もかもが初めから間違ってたみたいな……そんな気がしてさ」

「……こずえさんと結婚したこと？」

「ああ。してしまったものは取り返しがつかないとわかってるけどね。若かったんだな。彼女がああいうタイプの女だとはまったく考えなかった」

桃子がゆっくりと顔を英司のほうに向けた。整ってはいるが、表情に乏しい顔。英司にとっては、きれいとも醜いとも言えない顔だった。いつ見ても間が抜けた感じがするのは、化粧の仕方が下手なせいかもしれない。

「教えてくれる？　こずえさんは幾ら請求してきたの？」

英司は静かに目を伏せ、たっぷりと間をおいてから答えた。

「五百万」

「そんなに？」

「僕にそれだけの貯金がないことは充分知ってるはずなんだよ。別居しているとはいえ、かつては一緒に住んでいたんだしね。しがない不動産屋に勤めているだけの男に、五百万をキャッシュで支払うなんて、土台、無理な話だ」

「わかるわ」

桃子は深くうなずき、眉間に微かな皺《しわ》を寄せた。英司はスコッチの水割りを飲み干し、溜息をついた。バーテンが音もなくやって来て、ボトルからスコッチを注ぎ足した。

「ありがとう」英司がバーテンに言うと、バーテンは優雅に微笑み、黙礼して去って行った。

「こんなこと聞いていいのかどうかわからないけど」と桃子は静かに言った。「こずえさんは……その……自分でお店も持ってるし、お金にだって……なんて言うか、困ってるわけじゃないんでしょ？」

英司は鼻を鳴らして笑ってみせた。「僕の収入の三倍は稼いでるんじゃないかな。いや五倍以上かもしれないよ」

「だったら……そんな酷《ひど》い請求をしなくっても……」

「金の問題じゃあないんだよ。彼女は僕と別れるんだったら、僕をぼろぼろにして、すべてを吸い取って、再起不能にしてから別れたいと思ってるんだ。多分ね。そうでもしないとプライドが満足できない女なんだよ」

「もし支払わなかったら、絶対に別れないつもりなのかしら」

英司はうなずき、煙草に火をつけて深々と吸い込んだ。

「馬鹿げてるよ、まったく。気持ちはとうの昔に冷えてしまってるくせして、まだ僕をいじめたがってるのさ。かといって裁判に持ち込むのはいやだって言うし」

「どうして?」

「そこが彼女のずる賢いところなんだよ。正当な慰謝料なら、キャッシュで五百万だなんてことにはならないだろう。子供もいないことだし、彼女には稼ぎがあるし、せいぜい月に数万ってとこだ」

「あなたから家裁に持ち込めば?」

「いや、僕もそれはいやなんだよ。正直言って、これ以上、こずえとのことで時間をとられたくない。きれいさっぱり終わらせてしまいたいんだ」

「わかるわ、その気持ちは」

桃子は淡いブラウンの口紅を引いた薄い唇を舐め、何度もうなずいた。英司は黙った。内心は祈るような気持ちだった。ここで桃子が言うべきセリフはひとつだけ。それ以外のセリフを言ったら、この場で別れ話を持ち出したっていい。

背広姿の日本人の一団が、がやがやと店に入ってきた。バーテンたちは慌ただしく動き始めた。カウンターのアメリカ人の女がけたたましい声で笑っている。

「あたしが出すわ」桃子が小さな声で言った。聞き取れなかったわけではない。だがもう一度同じセリフを聞きたくて、英司は「え?」と聞き返した。

「何か言った?」

「あたしが出すわ、って言ったの」

桃子はきっぱりとそう言い、彼のほうを向いて微笑んだ。

「五百万。キャッシュで。あたしが出す」

瞳が輝き、てらてらとした肌がほんのりと染まった。英司は、桃子と知り合ってからおよそ初めて、この女はきれいだ、と思った。


もともと饒舌《じょうぜつ》な女ではなかった。聞かれたことには抵抗なく答えたが、それ以外のことはあまり話そうとしなかった。かといって、何か秘密があるという感じでもない。父親は福岡で医者をやっているというし、それを聞かないまでも、彼女の育ちのよさや正直さは、素振りのあちこちに感じとることができた。

だが、いくら育ちがいいからといって、五百万もの大金を、男の離婚のためだ、と信じて支払ってくれようとするそのお人好しぶりは、英司に言わせれば滑稽《こっけい》ですらあった。これまで、一度として人に裏切られたことがないのかもしれない。もっとも男経験が浅そうだから、無理もないのだろうが。

桃子は三十歳。大学を出てから上京し、製薬会社でＯＬをしている。一年前、賃貸マンションを探しに英司の勤務する不動産屋に現れた時、彼は長年の勘で、「この女はかなりの小金をためている」と判断した。身なりがよく、品があり、それでいて水商売以外の職についている三十過ぎの独身の女というのは、たいていが預金通帳をめくっては楽しむという隠れた趣味を持っているものだ。

その直感は当たっていた。桃子は月額十八万円の２ＬＤＫマンションをいともたやすく借り、「福岡の父が家賃を出してくれるって言ってるもんですから」と恥ずかしそうに笑った。

賃貸の契約が済み、引っ越しの手続きが整ってからも、英司は口実を作って、何くれとなく彼女の手助けをした。彼女は感激し、引っ越しが終わってから彼を夕食に招待した。よく知りもしない男、部屋を探してもらっただけの男を独り暮らしの部屋に招いて食事を振る舞う、という世間知らずのやり方は、いかにも彼女らしかった。

その晩に手を出すことを考えないでもなかったが、性急に事を運ぶのは危険だった。英司はおとなしく食事をしただけで帰った。

三日後、酔ったふりをして電話し、「会いたい」と言ってみた。彼女は黙っていた。英司は溜息まじりに「あなたのことばかり考えて、僕はどうかしてしまったみたいだ」と続けた。それでも桃子は答えなかった。長い沈黙の後、彼は静かに、自信たっぷりに言い放った。

「これからあなたのところに行く。いい？」

「いいわ。来て。すぐに」と桃子は答えた。口調は愚かしいほど急《せ》いていた。これを逃したら、一生を棒に振る、とでも考えたのかもしれない。

初めから桃子をだますつもりだった、と言えば嘘になる。ちょろまかすようにして金をせびり、後でうやむやにしておけばいい、という程度にはたくらみがあったが、大金をしぼり取ることは考えていなかった。もともと、幾らかの借金を返済してしまいさえすればよかったわけだし、後で訴えられるような真似はしたくなかったのである。

だが、しばらくつき合ってみて考えが変わった。寝物語にぽつぽつ聞き出したところによると、桃子の父親は娘かわいさに、毎月、家賃以外にも小遣いを送金してくるのだという。金に困りさえしなければ、娘は無事に東京で生きていける、と信じているらしかった。派手な生活が嫌いな桃子は、送られてくるたびにそれを預金した。そしてこの七、八年の間に、自分の稼いだ金も含めて、いつのまにか一千万の貯金ができたというのだ。一千万。これをいかにして自分のものにするかは、英司の腕次第だった。

何度目かの夜、ベッドの中で桃子は「あたしとどうするつもり？」と聞いてきた。待ち望んでいた質問だった。英司は味わうように、ドラマティックに答えた。

「結婚したいと思ってるよ」

桃子は目を見開き、次に鼻をすすり、あげくの果てにさめざめと泣き出した。何故泣くのか、英司には理解できなかった。かつて金目当てに関わった多くの女は、彼が〝結婚〟を口にすると、飛びついてきたり、興奮して顔を真っ赤にしたりしたものだが、泣いた女はいなかった。

「どうして泣いたりするんだい？」彼はそっと聞いた。桃子は化粧の崩れた顔で彼を見上げ、目をぱちぱちさせながら「嬉しいの」と答えた。「あたし、プロポーズされたと思ってもいいのね？」

その少女趣味的な言い方にうんざりしたが、英司は顔に出さなかった。彼は起き上がり、斜め上から桃子の顔を見下ろした。

「君は僕でもいいの？」

桃子は子供のような真剣な顔をして彼を見た。「あなた以外には考えられない」

彼はふっと自嘲気味に笑った。「そうかな。僕のことをもっと知ったら、いやだと言われるんじゃないかって、恐ろしいよ」

桃子は訝《いぶか》しげに目を細めた。「どういう意味？」

「実は……」と英司は視線を彼女からはずさずに言った。「僕は法律上はまだ、君とは結婚できない身の上なんだ。別居して六年もたつというのに、女房がまだ離婚を承諾してくれないでいる」

嘘だった。結婚したことなど一度もない。

思いのほか、桃子は冷静だった。しばらくの間、彼女はじっとしていたが、やがて落ち着いた動作で起き上がった。あまり豊満とは言えない乳房がスタンドの明かりに照らされて青白く光った。

「あなた、結婚していたの?」

英司はシーツを彼女の肩まで引き上げてやりながらうなずいた。

「それは紙の上だけのことだ。二十二の時に結婚し、二十五の時に別居を始めた。この六年間、一度も会っていない。むこうは生活には困っていないらしいが、離婚だけはいやだ、って言うんだ。馬鹿げてるよ、実際ね」

そうね、と桃子は言った。感情は読み取れなかったが、少なくとも六年間、一度も会っていない、という点では満足したようだった。

「君と出会うまで僕は、それならそれでいいや、と思ってきた。別段、籍を抜かなくたって困ることはなかったからね。でも、今は違う。話をすすめるつもりなんだ。君には不愉快なことかもしれない。でも……」

「本当にそうするつもりなの?」

「ああ、そうするとも。必ず、そうする。そして君を女房に迎える。ご両親が許してくれなくても、そうするよ」

「少なくともパパは許すに決まってるわ。パパはあたしが大事だから。あたしのやることは信頼してくれるわ」桃子の顔に柔和な光が宿った。彼女は英司の胸に手を置きながら、やさしく言った。

「あたし、初めて男の人を愛したの。あなたが結婚していた、ってこと、もっと早く言ってほしかった気がするけど、でももういい。三十を過ぎた男の人に何も過去がなかったなんてことは奇跡みたいなものですものね」

「そうだね」彼は彼女を胸に引き寄せ、ごわごわした髪の毛に唇をつけた。

「ひとつだけ聞いていい?」桃子は彼の胸に鼻を押しつけながら、子猫が甘えるような声で聞いた。

「ああ、いいよ」

「奥さんの名前、何て言うの?」

奥さんの名前? おかしなことに英司はその時、あわてふためいた。架空の妻の名前など考えていなかった。まさかすぐに聞かれるとは思ってもいなかったのだ。

彼は咳払いをし、唇を湿しながら忙しく頭を働かせた。頭に浮かんだ名前があった。彼は「こずえ」と答えた。「旧姓の三田という苗字を使って、いまは三田こずえ、と名乗ってるよ」

三田こずえというのは、英司が二年ほど前から知っている女である。彼の行きつけの店で時々、顔を合わせ、世間話をする程度の間柄で、一度、帰りに送って行ったことがあるだけだ。その名の通り、港区の三田で若い女性向きのアクセサリーショップを経営している。なかなかコケティッシュな女だが、店に来ると亭主と子供の写真を見せ、店のママと漬物の漬け方だの子供の幼稚園の話だのをし始めるのが常だった。英司には初めから縁のないタイプであった。

「こずえさん、か」桃子が言った。「可愛い名前」

「関係ないさ。会ってないから顔も忘れたよ」

「何をしている方なの?」

「アクセサリーの店をやってるよ。別居してすぐに実家から金を出させて始めたんだ」

「そう」

「気になるかい?」

桃子はゆっくりと顔を上げ、思案げに微笑んだ。

「気にならないというのは嘘よ。でもなんだか変な気分」

「どうして？」

「六年間も会ってもいないっていうのに、まだ奥さんだなんて」

「結婚に失敗するとそうなるのさ」

「あたしだったら……絶対に失敗はさせないわ」

桃子が獰猛《どうもう》な顔をして英司を睨みつけた。その瞬間からゲームは開始されたのだった。

桃子が会社の昼休みに英司に電話してきて、銀行まで来てほしい、と言い出したのはホテルのバーで会った二日後のことである。英司が出かけていくと、彼女は姉のような口ぶりで「さあ、これから定期預金を解約しますよ」と言った。「一万円札五百枚でいいわね」

すまない、と彼は言った。桃子はベンチに坐りながら、ゆっくりと首を横に振った。

「馬鹿ね。あたしたちのためじゃないの」

ふたりの関係のために自分が全面的にリーダーシップを取れたことが、桃子にはことのほか嬉しそうだった。英司は受け取った現金を人目につかないよう、紙袋に入れ、それをさらに手持ちのボストンバッグに入れた。

「今夜、これを持ってあいつのとこに行ってくるよ」彼は言った。「驚いた顔が目に見えるようだ。まさか払えるとは思ってないだろうからね」

「彼女、満足するわね、きっと」

「そりゃそうだ。後はもう、区役所に行きさえすればいい。ふたり分のハンコを持ってね」

「いつ行くの？　区役所は」

「二、三日中に行くよ。でもまた、近いうちに行く必要があるな。君と」

桃子は歯を見せずに微笑み、小首を傾げて彼の腕に絡みついてきた。すぐにそれを振りほどきたい衝動にかられながら、英司は辛抱強く我慢した。まだまだなのだ。先は長い。もう少し、ちょうだいしてもいいだろう。そのためにも、別れた後、訴えられない関係をこの女との間に作っておかねばならない。一年？　いや、もっとだ。何なら二、三年、我慢してやったっていい。どうせ、その間に競馬や飲み代などで、せっかくちょうだいした金など、羽が生えたように飛んで行ってしまうのだろうが。

三日後の夜、彼は桃子のマンションを訪れ、聞きたいことが山ほどある、といった表情の彼女を抱きしめた。桃子はなじるように言った。

「どうだったの？　どうして連絡をくれなかったの？　あたし、心配で心配で……」

「悪かった。いろいろ考えていたもんだから」

彼女はそっと身体を離し、どんよりと光る目で彼を見上げた。「何かあったの?」

彼はうなずき、「まず酒をくれないか」と言った。桃子はキッチンに立ち、水割りを作って持って来た。彼はそれをほとんどひと息に飲み干した。

「どうしたの? 英司さん。さあ、話してみて。何を聞いても驚かない、って約束するわ。あたし、ずっと考えてたの。ほんとよ。これからが正念場なんだ、って。だから何がおこっても驚かないことに決めたの」

「ありがとう」彼はそう言って、桃子に愛情あふれる視線を投げた。「君は素晴らしい人だ。頭がいいし、それに、優しい」

「そんなことないわ」と桃子は腰をくねらせて恥じらった。「ただ、あたしたちの幸せを考えてるだけよ」

「女房のやつに君の爪の垢《あか》でも煎《せん》じて飲ませてやりたいよ。あいつはこう言ったんだ。〝五百万を払えるのなら、もっと払える可能性があるわね〟って」

桃子は、なんだ、そんなことだったのか、とでも言いたげに軽く溜息をついた。

「まるでお金の亡者ね」

「そうなんだ。それで僕は聞いてやった。このうえ、いったい幾ら欲しいんだ、ってね。

そしたら……」

口ごもった英司を見て、桃子は毅然と言った。「いいのよ。言ってみて。驚かないから」

「今後、二年間、毎月十万ずつ仕送りしろ、って。それを確約してくれたら離婚届けに判を押すって言うんだ」

「毎月、十万！　こずえさんはあなたのお給料を知ってるんでしょう？」

「ああ。それが彼女の復讐なのさ」

「何てひどい。お給料が二十万しかない男の人から毎月、十万も取ろうだなんて」桃子は顔をしかめたが、本気で腹をたてているようには見えなかった。むしろ、英司よりも遥かに金を持っている自分の自尊心がくすぐられたようであった。男が金で自由になることは、彼女の誇りを満足させるに違いなかったのだ。

「物乞いをしたって、僕は月に十万、払ってやる、って宣言してやったさ。あいつはせせら笑ったよ。あんたなんかに出来るかしら、ってね」

桃子は女弁護士のような顔つきをしてうなずき、立ち上がって室内を一度、ぐるっと回った。英司は黙っていた。

「簡単だわ」彼女は重々しく言った。「福岡の父から毎月十万、送られてくる話はあなたにしたことがあるでしょ？　それをこずえさんにそのまま回せばいいんだわ」

「自分の幸せのために何かをすることが、「しかし……」
「それが一番、いいわよ。ね？　あなたもそう思わない？」
「君に迷惑ばかりかけることになる」
「迷惑ですって？」桃子はけらけらと笑った。「自分の幸せのために何かをすることが、どうして迷惑なの？」

ゲームは独り勝ちを続けているようだった。英司は唇が綻びそうになるのをやっとの思いでこらえながら、目の前にいるお人好しの、何の魅力もない、預金通帳に打ちこまれた数字のように記号化された一人の女をぼんやりと眺めた。

女ってのは、と彼は内心、うそぶいた。何だってこんなに結婚ということにこだわるんだろう。結婚している、と言うと「籍を抜け」と迫ってくるし、独身だ、と言うと「結婚してくれ」と迫る。結婚？　大したことじゃあるまいに。区役所に行ってハンコを押しただけで毎朝、うまい飯を作ってくれるんだったら、何回だって結婚してやるさ。

もっとも彼は桃子とは結婚する気など毛頭なかった。金づると結婚相手、それに寝るだけの関係の女はそれぞれ三種三様、別々であるべきだった。それがハタチのころからの彼の流儀だった。

その日からちょうど一カ月後の夜。英司は六本木にある高級クラブの、坐るとキューキュー音がする革張りソファーに身体を埋めていた。

なじみになった春奈という名の若いホステスが彼のくわえた煙草に火をつけた。「ね？ あたくし、ブランデーをいただいてもいいかしら」

いいとも、と彼は答えた。幾らでも金を巻き上げてくれ。金は無尽蔵に出てくるんだ。

春奈はにっこりと笑い、カウンターにブランデーを注文した。つい一週間前、ホテルに誘って濃密な時間を過ごしたせいか、物腰に何やら秘密めいた色気が感じられる。きれいな女だった。どうせ求めるものはお互いはっきりしているのだから、面倒なことにはなりはしない。英司は桃子に感謝した。この種の女と関わりを持てるだけの余裕を与えてくれるのは桃子なのだ。

「今度、旅行でもするか」

「まあ、嬉しいお誘いね。どこへ行く？」

「君の行きたいところはどこ？」

「そうねえ。パリ。お買物をしてそれからイタリアに行くの。ゴンドラに乗りたいわ」

はははは、と彼は笑った。いい度胸だぜ、まったく。男の金をしぼり取ることしか考えていない女というものは、男の自尊心をくすぐるところがある。まあ、俺も桃子に同じような喜びを与えてやってるのだろうが。

「いつか行こう」

「いつか？　逃げてもだめよ。約束しちゃうから」

「じゃあ、約束しよう。いつがいい？」

ふふふ、と春奈は面白そうに笑い「嘘よ。ほんとは私、国内旅行のほうが好きなの。疲れないし、気楽でしょ」

「それなら温泉でのんびりするか。だらだらと酒でも飲んでさ」

「そうね。素敵」

店を出たのは十一時過ぎだった。かなり酔っていた。街角の小さな公園で桜が満開になっている。風のない夜だった。白い花弁がそよとも動かずに闇の中に浮き出て見える。

その桜の木の下に女が立っていた。白っぽいワンピースにクリーム色のハイヒール。顔は伸びた木の枝に隠れて見えない。酔い覚ましに公園を散歩して帰ろうか、と思った英司がそばを通り過ぎようとすると「英司さん」と女が声をかけた。桃子だった。

暖簾《のれん》でもくぐるようにして枝の下から出てきた彼女は、茹で卵をむいたようなツルリとした顔で彼に向かって微笑した。

「なんだい、君か」

「待ってたの。お店から出てくるのを」

いやな感じがした。ひょっとするとこの女は俺の行動を逐一《ちくいち》、知っているのではないか。

「どうしてここにいるってわかったんだい？」

「わかるわよ」

「後をつけたのか？」

ううん、と彼女はゆっくり首を振って桜を見上げた。「きれいねえ。なんだか怖いくらいにきれい」

「どうしたんだよ。偶然、今ここに来たのかい？」

「そうじゃないの。あなたがあのお店に出入りしてる、って知ってたから来てみたの。もしかするとここかもしれない、って。そしたらやっぱりそうだった。あなたが持ってた名刺、見ちゃったのよ。春奈、って名前の名刺」

なんだ、そうか、と彼は不器用に笑った。

「まさか、君、やきもちを妬いてるんじゃないだろうね。ただのクラブの女に」

「やきもちだなんてとんでもない。あたし、あなたのこと信じてるもの。男の人はこういう場所に出入りしたがるもんだ、ってパパもよく言ってたわ」

英司は少しほっとし、これだけのことで慌てた自分が愚かしく思えた。桃子は腕を伸ばして枝に咲きほこった桜の花を撫でた。

「ここに来て待ってたのは急用があったからなの」

「急用？」

「ええ」

「何？」

桃子は花弁から手を放し、彼を見上げていたずらっぽく微笑んだ。「さあ、何でしょう。当てたら偉い」

「いいことなのかい？」

「もちろんだわ」

「僕に何かくれるのかな」

「さあ、どうかしら。そうだとも言えるしそうでもないとも言えるわ。あなたのお部屋に行きましょう。ね？　そしたらわかるから」

わけを聞こうとする英司を振り切って、桃子は通りに出、空車のタクシーに手を上げた。

車の中で桃子はずっと彼の肩に頭をもたせかけ、時折、風邪をひいた猫のようにクスンと鼻を鳴らす以外、何も喋ろうとしなかった。髪の毛は長い間、シャンプーしていなかったらしく、奇妙な匂いを発散している。気のせいか、襟足《えりあし》のあたりからも汗くさい匂いが立ちのぼっているような感じがした。

ああ、いやだ、と英司はほとんど唐突に思った。今すぐにこの女を道路に放り出し、二度と顔も見たくない、とも思った。金のために今後も我慢し続けなければならないことを思うと、馬鹿なことをした、という気になった。

仕方ねえな。彼は内心、つぶやいた。世の中には金のためと割り切って嫌な男にも身体を開く女がごまんといるのだ。俺もその仲間だと割り切ればなんてことないさ。

英司の住むコーポの近くで車を降り、ふたりは夜道を歩いた。あたりには春の匂いがたちこめ、寄り添ってくる桃子の汗くさい匂いを消してくれた。

「ねえ」と桃子はぽつんと言った。「あの人、死んだわ」

初め、英司には何の話か理解できなかった。彼は足を止め、桃子を見た。桃子はにっと笑った。

「もう慰謝料、いらないのよ」

柔らかな風が吹き、桃子のほつれ毛がごわごわとなびいた。どこからか桜の花びらが一斉に舞い落ちてきて、彼と彼女の間に白いベールを作った。

「どういう意味だ」

「タイヤは完全にお腹の上を通過したし、死んだことはまず間違いないわ」桃子は歌うように言った。「いやな女。下調べした時に見たけど、男癖の悪そうな品のない女ね。それにあなた、知ってた？　あの人、男がいたわよ。中年の冴えない男。子供を連れてたけど、あれはきっと男の連れてきた連れ子ね」

それは三田こずえの亭主と子供なんだ、そう言おうとして英司は喉に血の匂いのする塊がこみ上げてくるのを感じた。

「死んだ、って、君……」

「あたしからのプレゼントよ。これですっきりしたでしょう？　もう毎月十万とられなくて済むし、あなたも晴れて独身に戻れたってわけ」

その先を聞く勇気がなかった。英司はどもりながら「まさか……」と言った。「まさか、おまえ、俺の車で……」

桃子は晴れやかに微笑み、彼の腕に頬をなすりつけた。「ちょっと借りたわ。さっき。つい二時間ほど前よ。あの女、店を終えて出てくる時間が決まってるのね。それにあの店、大きな通りにあるから、車の下敷きにさせてやるのも簡単だった。大勢の人が見てたけど、かまうもんですか」

貸し駐車場が見えてきた。英司は桃子の手を振り払って中に走った。いつもの場所に中古で買った彼の白いカローラが見える。

ドアはロックされていなかった。彼は震える手で中から懐中電灯を取り出し、車体を調べた。

タイヤには黒い毛髪がからみつき、どす黒い血しぶきがドアの近くにまではね上がっていた。彼は海老のように身体を折り曲げて嘔吐した。

「どうしてそんなに慌てるの?」後ろで桃子の声がした。「あなたの車のキイはこの前、会った時、あたしが預かったじゃないの。あなたがお酒を飲んだからあたしが運転して……ほら、そうだったでしょう?」

「そんなことはどうでもいい」彼はかすれた声で言った。「何をやったのか、わかってるのか。君は轢《ひ》き逃げをしたんだぞ! あの三田こずえという人は本当は……」

桃子は最後まで聞いていなかった。「なんで怒鳴るの? あたし、いけなかった? あなたのためにしたのよ。あなた、あたしと結婚したがってたじゃないの。あの女さえいなくなれば、それでいいじゃないの」

「じゃあ、聞くが」彼は自分がとんでもない罠にはまった愚かな動物になったような気がした。「この車が見つかったら……俺はどう言い訳すればいいんだ」

桃子は天を仰ぎ、からからと笑った。「簡単だわ。あたし言ってやる。あんたが計画してあたしが実行した、ってね。当たり前でしょう? あたしたち、もうじき夫婦ですもの」

彼女は少女のように目を潤ませ、大真面目な顔で彼を見つめた。

「パパが言ってたわ。夫婦ってのは、どんな時でも助け合っていくべきだ、って」

寂しがる男

三年前のことである。

その夏は、異常に暑かった。水をしたたらせた洗濯物を干しても、一時間後にはカラカラに乾くような日が何日も続いた。

その暑いさなか、私はふたつの重要な仕事を抱えていた。ひとつは部屋探し。それまで住んでいたマンションの契約が切れるため、なんとしてでも夏の間に引っ越しを済ませる必要があったのだ。そしてもうひとつは、事務所設立のための準備である。

フリーライターという職業は、儲かる時は月収五、六十万円にもなったが、仕事がこないと十万稼ぐのも精一杯だった。三十路に手が届く年齢になって、しかも当分独身を続ける気でいた私としては、仕事上も生活上も、何かと助け合える仲間を求めていた。

やはり先行きに漠然とした不安を覚えていたらしい仲間たちは、すぐに同意してくれた。表向きは編集プロダクションという形だったが、早い話が独身女三人の互助会みたいなものである。互いの電話の取次やちょっとした使い走り、知恵の出し合い、それにギャラをなかなか支払ってくれない会社への支払い催促みたいなことをそれぞれやって、空いた時間にはケーキとコーヒーでティータイムを楽しむ。そんな部屋を都心に一室借り、あとは電話を二台引いて、関係者たちに事務所設立の案内状を配るだけでよかった。

そしてそちらのほうの話は案外、すんなりと事が運んだ。私が自分の部屋探しに奔走していたため、仲間のレミとカコが私の分まで動き回ってくれて、部屋はすぐに決まったし、後は内装に少し手を加え、ドアに「エディター・ハウス」というプレートを打ちつけると、全てが完了した。

だが、私の引っ越し先はなかなか決まらなかった。都心のマンションで小ぎれいな1LDKとなると皆、家賃十二、三万円以上で手が出なかったし、かといって倉庫か納戸のように狭く、日当たりが悪いワンルームマンションに住むのはいやだった。

そうこうするうちに、契約切れの日が近づいてきた。本当は青山、麻布界隈に住みたかったのだが、贅沢《ぜいたく》は言っていられなかった。私は目黒区、大田区まで足を延ばした。二日間ほど血まなこになって探し回っただろうか。私はついに目黒の繁華街に近い静かな一角に、理想の住まいを見つけた。白壁の新築二階建てで世帯数六室。南向き十畳の洋間にキッチン、バス、トイレ、それに最新流行のロフトがついている。外から見るとアーリーアメリカンタイプの洒落《しゃれ》た作りの建物で、部屋はまだ三室も空いているということだった。

部屋代のほうは多少、予算オーバーだったが、私はすぐに契約を交わした。引っ越しを手伝ってくれたレミは、ひと目見るなり「わあ、素敵」と溜息をついた。友達の羨望のこもった溜息を聞き、私は満足だった。実際のところ、あれだけ気に入ることができた部屋というのも、かつてなかった気がする。

私はそれまで持っていたベッドを処分し、ロフトそのものを寝室にした。大きなマットレスの上のふわふわの蒲団《ふとん》、羽根枕、それに幾つかのクッション、小ぶりのサイドテーブル、淡い陰影を作る照明……。ロフト付きのアパートが若い人たちに大人気で、業者もほくほく顔だ、というのはうなずけた。ただの中二階をつけるだけで、あれほどワンルームマンションのせせこましさをなくすことができるとは、少し前の時代には想像もつかなかったことだろう。

引っ越し祝いをやろう、と言い出したのはレミとカコである。どこか近くの店でパーッと騒いで、その後、お宅に行く形にすればいいのよ、そうすれば、食べ物を作る手間が省けるし、部屋も汚されずにすむでしょ……と。

事務所を設立する時も様々な人に世話になった。少し、お返しをせねば、と思っていた矢先だったこともあり、私は親しい人を招いてささやかな感謝のパーティーを開くことにした。

八月半ば過ぎだったと思う。私はまず、招いた六人の人々を自宅に集め、簡単に乾杯をした後、予約しておいた近所の鮨屋に彼等を連れて行った。

新しくオープンしたばかりの店である。中に入るとぷんと檜《ひのき》の香りがした。カウンターには初老の女性のふたり連れがいた。客はそれだけで、あとは確かに私たち七人だけだったと思う。

藺草《いぐさ》の匂いも真新しい座敷に上がり、私たちはまずビールを注文した。ほどなくして女将さんらしき中年の女性が、絽《ろ》の着物の足さばきもよろしく、きびきびとビールを運んで来た。

「お暑うございますねえ」

女将さんはそう言って、にこやかにグラスを配った。籐製のコップ敷きの上に小ぶりのグラスが置かれていく。あらかじめ冷やされてあったらしいグラスには、細かい水滴がついていた。

最後のグラスを私の前に置いた時、女将さんは小声で「あら?」と言った。「お銚子をご注文なさったのはどちらさまかしら」それを聞きつけたレミが「だぁれ? この暑いのに熱燗なんか飲もうっていう人は」と、おしぼりで手を拭きながら、うんざりした顔をしてみせた。「飲みたくもないわよ、熱いものは」

「誰も注文してないんじゃないの？」とカコが私に向かって言った。「全員、ビールだって言ったんでしょ」

私はうなずいた。「そう、ビールしか頼まなかったはずですけど」そう女将さんに言うと、女将さんは「そうですか？」と首を傾げた。

「さっきトイレに立った男性がお銚子を頼んでいらしたんですけど……」

「誰もトイレに行ってませんよ」と、カメラマンのS君が言った。「俺たち七人は全員、ここにいますよ」

「あら、私はてっきりおひと方増えたのかとばっかり……」と、女将さんは言った。「八人でいらしたと思ったんですが、数え間違いしたんだわ。ごめんなさい」

「座敷わらしがひとりいるかな」と、レミが言って笑った。「独身の座敷わらしだったらいいのに。つかまえて放さないから」

全員が大笑いした。女将さんはくすくす笑いながらも、盆に載せた熱燗の徳利《とっくり》をちらりと眺め、部屋を出て行った。

たったそれだけのことである。よくある話。よくある間違いにすぎない。私自身、その時のことはすぐに忘れてしまった。忘れて当然だったろう。初めて入った鮨屋の女将が注文を間違えた話をいつまでも覚えているとしたら、その女将に恋をしているか、さもなくば、よほど執念深く他人の非を咎める異常性格者か、のどちらかでしかない。

しかし、おかしなことに似たような間違いが続けて起こったのだ。

その日から五日ほどたってからのこと。女性月刊誌の特集企画を任され、何やかやと駆けずり回って、やっと入稿し終えた時はもう深夜をまわっていた。

「なんかうまい夜食でも喰いに行くか」と編集長が皆を誘った。よくあるお誘いである。疲れてもいたし、第一、一刻も早くあのお気に入りの部屋に戻って、独りゆっくりと本でも読みたいと思ったのだが、微かな空腹感があるのは否めなかった。わが家の冷蔵庫には目ぼしい食べ物が入っていないことも知っている。私は彼等の仲間に加わって新宿に繰り出すことにした。

編集長が贔屓《ひいき》にしているという西新宿のはずれにあるごく小さな割烹料理店に入ると、私たちは空いていたカウンター席を占領し、早速、好き勝手なものを注文し始めた。

私はライター仲間の若いT君と編集長に、ぎゅうぎゅうにはさまれた形で席についた。T君はおしぼりで顔をごしごしこすると、自分の右隣の空いている席を指さして言った。

「隣が空いてるみたいだから、僕、もう少し詰めましょうか。狭いでしょう」

編集長が「そうだな」とうなずいた時、後ろに立って枝豆の入った小鉢を配っていた女将さんが「あら、そこは……」と口をはさんだ。

「その席、ふさがってますよ」

「予約席かい？」と編集長がにやりと笑った。「結構、繁盛してるじゃないか、この店も。それともママの恋人が来るのかな」

「いやですよ、この人」と女将さんは苦笑した。「お連れの方の席じゃありませんか」

「連れ？」とT君が聞いた。「連れなんていませんよ。ここに来てるので全部なんだから」

「あらぁ、変ねえ。さっき確かにここに男の方がいらしたのに」

「僕と間違ったんですよ、きっと」とT君が大して興味もなさそうに言った。女将さんはうなずいたが、少し怪訝な顔つきを隠さなかった。

私は店の中を見渡した。四坪ほどの小さな店は、カウンター席だけで、私たち六人が入るともう一杯である。誰か他の客がいたら、すぐに目についていただろう。

「ほんとに？」と女将さんは念を押した。「ほんとにここに男の方、いなかった？　白っぽい背広を着た男の方よ」

「いないってば」と編集長は笑った。「昔の恋人の亡霊でも見たんだろ、きっと」

「まさか」と女将さんは顔をしかめた。その時、カウンターの中の親父さんが編集長に何か話しかけた。全員がどっと笑った。私はよく聞こえなかったので黙っていた。というよりも、女将さんのつぶやきに耳をすませていたのである。

女将さんは後ろを向いて白っぽい和服の襟元《えりもと》に手を当てていた。

「おお、気味が悪い。いやだいやだ」

彼女は皆に聞こえないように、そうつぶやいていた。私の身体の中に一瞬、わけのわからない戦慄が走った。

だが、その時、私が五日前の鮨屋での一件を思い出していたと言ったら嘘になる。私がぞっとしたのは、T君の横の席の幻に対してではなく、多分、女将さんのつぶやきに対してだったのだ。女将さんのつぶやきには、何か得体の知れない恐怖がこめられていて、それは真夏の夜に聞く怪談咄《ばなし》によくある、あのお定まりのぞっとする響きを伴っていた。それが私の幼稚な恐怖心をかきたてたのだ、と思う。

その日、私たちが簡単な食事を終えて帰る時も、女将さんは編集長をつかまえて「なんだか、いやな夜だった」と囁いていた。「なんか知らないけど、変な気持ちよ」

「欲求不満なんだろ」と編集長はビールに酔った赤い顔を崩しながら、女将さんのお尻をたたいた。女将さんは笑い、私たちは店を出て別れた。タクシーの中で私はちらりと、女将さんのあのつぶやきを思い出したが、すぐに忘れた。

私が鮨屋での一件をはっきりと思い出したのは、さらに一週間ほどたってからのことである。

その日、カコにちょっとした大口の収入があったとかで、私とレミは彼女に何かおごらせよう、ということになった。カコはあっさりとオーケーし、私たちは三人で渋谷のイタリア料理店に出かけた。

道玄坂の途中にあるビルの三階のその店は、前にも何度か行ったことがある。コックと従業員のうち半分はイタリア人だ、というふれこみだったが、イタリア人かどうかは怪しいものだった。前にも一度、目の大きい髭面の従業員が明らかにそれとわかるアラビア語で誰かに電話をかけているのを目撃したことがある。

ちょうど夕食時だったせいで店内はたてこんでいた。ボーイ長が奥にひとつだけ空いていたテーブルに私たちを案内してくれたが、またすぐにどこかに行ってしまった。

そこはたった今まで他の客がいたらしく、まだテーブルクロスも替えられていなかった。私たちは、油やトマトソースの染みが残るテーブルを前にしてしばらく所在なげに坐っていたのだが、忙しいせいか、誰も注文取りに来ない。

「やんなっちゃうわね」と気短かなレミが舌打ちした。「お腹がすいてるって言うのに」

三人で申し合わせたようにバッグから煙草を取り出して、顔のまわりに煙幕を張っていると、やっと日本人のボーイが額に汗を光らせながらやって来た。

「申し訳ありません。なにぶん、混み合っておりまして。今すぐご用意いたしますから」

ボーイは汚れたクロスを丸め、代わりに真っ白の糊《のり》のきいた新しいクロスをかけた。そしてクロスの上にそれぞれ、ナイフとフォーク、スプーン、それにワイングラスを置いた。だが、どうも手慣れていないようで、簡単なセッティングも手元がおぼつかない。スプーンを置く位置を間違ったり、フォークを床に落として取りに行ったりで、メニューを手渡すことすら忘れている。

『かわいそうに。新人なんだな』と、ぼんやりその手つきを見ながら、私は彼がやがてまったく人が坐っていない席……要するに四人掛けのテーブルの残る一つの席の前にも同じセッティングをしようとしているのに気づいた。私が口を開く前に、レミがテーブルに肘をついたまま言った。

「あら、そこはいらないのよ。三人なんだから」

「は?」とボーイが手の動きを止めた。「四人様じゃなかったですか」

「いいえ、三人」とレミがうんざりした顔をして言った。こんなトロい男につきあって、空腹に耐えるのはもう真平だと言わんばかりだった。

「どう見ても三人しかいないでしょ、私たち。美女が三人。わかる?」

ボーイは目を丸くし、おどおどと瞬きを繰り返した。

「あの……お連れの男の方がいらっしゃいませんでしたか」

「いませんよ。ここは三人。ねえ、悪いけどお腹ぺこぺこなの。メニューを早く見せてくれない？」

レミはそう言って煙草を灰皿の中でもみ消した。私はじっとボーイが置きかけた「もうひとつの席」の一本のフォークを見ていた。

同じだ、とその時私は初めて気づいた。すべて同じだった。新宿の割烹料理店の女将のつぶやきと共に、あの鮨屋での一件も思い出した。これで三度目だった。私たちのグループ以外に何か得体の知れない男の姿を店の人が目撃したのは三度目。私はその時、はっきりとこれまでの三度の出来事が符合し、絡み合っていることを自覚した。

恐縮しながらメニューを配り始めたボーイに、私は意を決して聞いた。

「変なこと聞くけど、あなたがさっき言ってた男の連れってどんな人だった？」

「はあ、白い背広を来た若い男の人でしたが」

「その人、ずっと私たちといたの？」

「さあ、それは。ずっと見ていたわけではありませんし」そう言いながら、ボーイは不思議そうに首を傾《かし》げた。

「何かございましたんでしょうか」

いいえ、別に、と私は目をそらした。

「何よ。どうしたのよ」とレミたちが聞いてきた。私は「なんでもない」と首を振った。

その話はしたくなかった。どうしてかわからないが、誰にもしてはならないように思えたのだ。少なくともその時は。

ボーイが空いた席の前のフォークを持ち去っていった。四人掛けのテーブルに私たち三人分のグラスやフォークが置かれている。私は薄気味悪い思いで、ひとつだけ空いた席を見た。

白い背広姿の若い男が、そこに腰をかけてうつむいているような気がして、私は目をそらした。偶然よ、と笑いとばす心の中の自分の声が不自然に響いた。あるもんですか。そんな馬鹿なこと。忙しくて疲れている人たちが、人数を数え間違ったり、注文を間違ったり、他の客と取り違えたりしただけよ。そんなことが偶然、三度続けて起こっただけなのよ。

しかし、私は心のどこかで何かがおかしいと感じ始めていた。そしてそれを認めるのが怖くて、その夜はしこたまワインを飲み、部屋に帰って蒲団をかぶり寝てしまった。

それからしばらくは、妙なことは起こらなかった。私は次第に忘れていった。忘れきっていたわけではなく、時々、ふと思い出してぞっとしたが、それでも普段は忘れていられた。ただの偶然。そう思おうとして思えないこともなかったからだ。

九月も半ばを過ぎ、空気が幾らか冷たく感じられるころになって、私は体調を崩した。だるくて食欲がない日が三日ばかり続き、その翌朝、三十八度の熱を出した。ひどい風邪だった。

私は事務所をレミたちに任せ、二、三日、寝ていることにした。疲れがたまっていたのだろう。ちょっと寝込んだだけで、これまで自覚しなかった疲労が一挙に身体にまとわりついてくるのが感じられた。

熱は二日目には下がったが、微熱が続いた。私はロフトの中の蒲団にくるまって、ジュースを飲んだり、本を読んだり、ぼんやりテレビを見たりして過ごした。

こんな時、古びた北向きのアパートなんかに住んでなくてよかった、とつくづく思った。私の部屋は太陽が入らないことはなく、風通しもいい上に、清潔で乾いていた。電話一本でパンや牛乳、その他の食料を運んでくれる食料品屋も近くにあった。これで、気のやさしいダンナでもいたら人生申し分ないと思いつつ、独り暮らしの気楽さはなかなかやめられそうにない、と独りほくそえんだりもした。

仕事を休んで三日目の夜、ロフトを降り、下の洋間のソファーに寝そべってパジャマのままテレビの洋画劇場を見ていると、チャイムが鳴った。「あたしよ」と玄関の向こうで声がする。カコの声だった。

私はスリッパを履き、玄関に出てドアチェーンをはずした。カコが、見覚えのあるショッキングピンクのワンピースを着てにこにこしていた。

「どう？　具合は。アイスクリーム買ってきたのよ」

そう言って彼女は手にした四角いピンク色の箱を掲げて見せた。どこかで飲んできたらしく、吐く息が少し匂う。私は微笑し、「どうぞ。入ってよ」と言いながら、ちらりと奥のほうを見た。

どうしてそんなことをしたのか、よくわからない。テレビがついているな、消さなくてはいけないな、と思って視線を走らせたのかもしれない。それともただ単に、意味もなくそうしただけなのかもしれない。

カコは素早く私の顔を見、次に私の視線が走った方向を見た。

「あらやだ」と彼女は照れたように笑った。「やあね。そうならそうと言ってくれればいいのに。いいの、いいの。アイスクリームを届けに来ただけなんだから」

早口でそう言うと、彼女はアイスクリームの箱を私の胸に押しつけ、いたずらっぽくウインクをすると「すみにおけないわね、まったく。この次には紹介してちょうだいよ」と言うなり駆け出して行った。

「カコ！」と私は呼んだ。「なんなのよ！」

だが、彼女の姿はみるみるうちに闇の中に消えていってしまった。私は手に残されたアイスクリームの冷たい箱を抱えながら、茫然と立っていた。後ろでは相変わらず、テレビの音声が流れている。ポール・ニューマン主演の私立探偵映画だ。

後ろを振り返るのが怖かった。『どうして？』と私は荒くなっていく呼吸の中で自問した。どうしてこんなところにまで「あれ」が現れるの？　私のこの明るい清潔な部屋にまで……。

これまでのように、ただの偶然であると合理的解釈をする余地はなかった。ここには私以外、誰もいない。それは確かだ。なのにカコは確かに何かを見た。はっきりと見たから、私に誰か男が訪ねて来ているのだと思いこんだのだ。これが偶然やただの錯覚だと言えるだろうか。

それでも私は立ちつくしたまま、必死になって自分をなだめた。カコは確か、コンタクトレンズを使用していた。今夜はそれをはずしていたため、周りの物がよく見えなかったに違いない。そのうえ、彼女は酒を飲んでいた。だから、ソファーの上のクッションか何かを男の姿と見間違えたのだ。そうだ。そうとしか考えられないではないか。

私は無理をしてくすりと笑った。そうよ。カコはクッションを見間違えたのよ。明日、電話してからかってやろう。

全身の力を抜いてから、私は思いきって振り返った。ソファーの上には誰もいなかった。そして同時にクッションもなかった。ソファーの上にあるとばかり思っていたクッションは、自分で夕方にロフトのほうに上げたのを思い出した。

ソファーはのっぺりとそこにあり、それはソファーでしかなかった。私は背中に悪寒が走った。

まず考えたのは、どうやって今夜ひと晩をやり過ごそうかということだった。テレビは二時か三時には終わってしまう。音が途切れたら困るので、ラジオもつけておこう。いや、賑やかなロックか何かをかけっ放しにしておくほうがいいかもしれない。

受話器を取ってレミの電話番号を回した。レミは出なかった。まだ帰っていないのだ。カコに電話する気はなかった。きっと彼女は、さっきここで見た「男」の姿について詳細に教えてくれるだろう。きっと「白っぽい背広を着ていた」と言うに決まっている。そんなことを聞いたら、発狂しそうになるに違いない。

もう微熱どころではなかった。私はいつも飲むバーボンをストレートで飲み、レコードをかけ、テレビをつけ、部屋の中をぐるぐる歩き回った。ソファーに坐る気はしなかった。疲れると床に坐り、坐りながら様々なことを考えた。

私はいわゆる霊魂の存在を信じたことがない。怪談や恐怖小説などは好んで読むが、時折、耳にする金縛りの話や地方の旅館などで実際に誰かが体験したぞっとする話などは、いつも眉唾だと思っていた。

人間が死ねばすべてが終わる……そうした簡潔な死生観が私は好きだった。いたずらに霊魂の存在をうちたて、現実から目をそらさせて過去や祖先に目を向けさせようと企む人々の生きた魂のほうがよっぽど怖い、と思っていた。

なのに、実際に私は何か特別なこと、考えもしなかったことに直面しているのだった。それが何なのか、まったく見当もつかないところが余計に恐ろしかった。

もし私自身が見たり感じたりしたことだったら、妄想だと自分で自分を笑いとばすこともできたろう。人はその時の精神状態や体調の如何《いかん》によって、じつに様々な幻覚を見たり感じたりするものなのだ。

だが、私が直面していることは違っていた。「あれ」を見たのは私ではない。皆、他人で、しかも複数ときている。私以外の皆が見るのだ。私が行くところに必ず現れる「あれ」の姿を。

その夜は三時ごろまで眠れなかったが、さすがに疲れてうとうとした。夢の中で白い背広を着た男が微笑んでいた。顔はよくわからない。ただ、人なつっこい感じが伝わってくる人のよさそうな男だった。

男は実に幸せそうに微笑み続け、最後に「ああ、よかった」と言った。「これでもう、寂しくない」

私は飛び起きた。パジャマがぐっしょりと汗で濡れていた。カーテン越しにあふれる日の光が部屋の中ほどまで届いている。私は目をつぶり、悪寒が走る身体を自分で抱えこんだ。

『これでもう、寂しくない』

今まさに、眠っていた私の耳元で囁かれた言葉のような気がした。私は起き上がり、洗面所に行って嘔吐した。

その日は日曜日だった。私は、レミとカコに電話して目黒のコーヒーショップに呼び出した。よほど私の様子にただならぬものを感じたのだろう。ふたりとも、休日の様々な予定をすべて返上して駆けつけてきてくれた。

私は半ば、喉を詰まらせながら、これまであったこと、特にゆうべ起こったことを詳しく告白した。

真っ先に震え上がったのはカコである。「だって」と彼女は両手で口を押さえながら言った。「だって、あたし、見たのよ。男がいるのをはっきり見たのよ」

カコの説明によると、ソファーに白っぽい背広かジャケットのようなものを着た若い男が坐って、テレビを見ていたのだ、という。「顔？　はっきり覚えてないわよ。一瞬、見ただけだもの。でもなんだか、微笑んでたみたいな……。てっきり、あたしはあなたの隠し恋人か何かだとばっかり……」

そんないい人がいるんだったら、すぐに報告してたわよ、と私は笑ってみせたが、全身に鳥肌が立っていた。

「ほんとに見たの？」とレミがカコに聞いた。「見間違えたんじゃないの？　あんた、そそっかしいから」

「見たのは確かよ」とカコが青い顔をして言った。「じゃなかったら、あんなに慌てて帰らなかったもの」

私たちはしばらくの間、ぽつりぽつりとその男の亡霊が出始めた原因というのを推理し合ったが、話せば話すほど薄気味悪さがつのってきて、三人とも言葉少なになった。

「あの部屋に関係してるんじゃないかしら」とレミが言った。私はうなずいた。それはまさしく私も考えていたことだった。「あれ」が周辺をうろつくようになったのは、明らかに私があの目黒のロフト付きマンションに引っ越した後だからである。

「でも、あそこは新築なんでしょ」と、カコが首を傾げた。「古い建物で、昔、誰かが首をつったかなんかしたんだったらわかるけど」

「でも、あの建物が建つ前は何があったのか、わかんないじゃない」とレミ。「墓地だったのかもよ」

私もカコも震え上がって「やめてよ」と言った。レミは「冗談よ」と笑ったが、彼女の唇は震えていた。

その夜、私はカコのところに泊まり、次の夜はレミのところに泊まった。誰かと一緒にいないととても生きた心地がしなかったのだ。

だが、いつまでもそんなことを続けていくわけにはいかなかった。私は意を決して自分の部屋に戻り、馬鹿げたことだが、あのソファーを買い替え、あちこちからかき集めてきた各種のお守りを部屋中にばらまいて過ごした。

そうこうするうちに、仕事が忙しくなった。十月にヨーロッパをまわる取材の仕事が入り、私はカメラマンたちと丸二週間、日本を留守にしたりもした。

帰国してからは、意識して皆で外で飲食するのをやめ、どうしてもその必要がある時は、自分だけわざと遅れて行った。

そのせいだろうか。店の人に「あら？　もうおひとりは？」と聞かれることはなくなった。時折、「あれ」を思い出して、いたたまれないほど怖くなることもあったが、やがてそれも薄れていった。

一年たち、二年が過ぎた。

私は自分で予測もしていなかったほど情熱的な恋愛をし、結ばれた。相手は私より三つ年上の設計技師である。温厚な人柄の優しい男で、私は幸せだった。

夫の設計で、郊外に小さいが小粋な白い家を建て、私たちは移り住んだ。周りが木や草花に囲まれていて、遠くから見るとお伽《とぎ》の国のお菓子でできた家に似ていた。やわらかい金色の木もれ日の中で時間が流れていった。それはゆったりとした甘い、満ち足りた時間だった。あのころの私は、目黒で経験した「あれ」のことなど、忘れきっていた。本当にちらりとでも思い出したことは一度もなかったのである。

そんなある日のこと、朝の食卓で私は夫からミニカセットレコーダーを手渡された。昔、私が取材でよく使っていた、小さなポケットサイズのレコーダーである。夫はいたずらっぽい笑顔を作って、「成功。成功」と言った。

「何？　どうしたの？」

「俺の鼾《いびき》、録音するのに成功したよ。ゆうべ、夜中にトイレに起きてから思いたって自分でこいつをセットしてみたんだ。まあ聞けよ」

そう言いながら、彼はテープのスイッチを入れた。しばらく何も聞こえなかったが、やがて喉を震わせるような音が部屋中に轟いた。彼は慌ててボリュームをしぼり、顔をしかめ、おどけてみせた。私は大声をあげて笑った。

夫はひどい鼾をかく。幸い、私は眠りが深いたちなので、困ることはなかったが、本人は結婚が決まってからずいぶん、気にしていた。

「すげえなぁ。こんな鼾をかく奴と、よく君は一緒になったなぁ」

「初めて自分の鼾を聞いたの？」

「初めてだよ。ずっと独りで寝てたから、鼾のことなんか気にしなかったけど、君に言われて、ちょっと知りたくなってさ。しかし、こいつは表彰もんだな」

私たちはしばらくの間、その単調な鼾の録音を聞いていた。合間に私の寝返りの音やねずみのたてるような歯ぎしりの音も混じっている。それを聞いて私たちはひっくり返って笑った。

夫がオフィスに出かける時間になり、私はテープを途中で止めた。こみあげる笑いを唇のあたりに残したまま、夫は出かけて行った。

私はダイニングテーブルに戻り、コーヒーを温め直している間、夫の食べ残したオレンジを食べた。食べながら、ある感慨をもってテーブルの上のカセットを眺めた。古く黒光りしているそのカセットレコーダーを持って、何度、取材に出かけたことだろう。何度、夜の更けた編集部の片隅でテープおこしをしたことだろう。そう思うと、あのころのことがなつかしく、また同時に切なかった。

私は再び、テープのスイッチを入れた。別に夫の鼾を聞きたかったわけではない。何故ともなしにテープを最後まで聞いてしまいたいと思ったのだ。

プツリと音がしてテープが回り始めた。グワーッという夫の鼾が続く。私はひとりで笑いころげた。

残りのテープはわずかだった。私は夫の鼾を聞きながら、席を立ち、テーブルの上のものを流しに下げた。その時である。私は妙なことに気づいて立ち止まった。

グワーッ、ヒューーッという夫の鼾と鼾の間に何か音が入っているのだ。私はカセットに近づいて耳をすませた。初めは、私自身の寝息か何かだと思った。私はカセットを手に取り、耳元に近づけた。

グワーッ、ヒューーッという鼾。そして、その間の奇妙な音。私はいったんテープを止め、元に巻き戻して再生した。

ざわざわというテープの回る音が、まるで夜の闇が蠢《うごめ》いているような音に聞こえる。鼾が始まる。そこだ。その瞬間の音。

私はボリュームを上げた。

くすくす……と誰かが笑っている。楽しそうな、いたずらっぽい笑い方。

私は化石のように動けなくなった。なのに耳だけは、カセットの中の闇の世界に吸い込まれていく。

くすくす笑いの後に、微かな囁くような声が続いた。

「もう離れないよ」

私は思わずカセットを床に放り投げた。そのショックでカセットは止まり、あたりは静かになった。私は両手で顔を覆い、呻き、へなへなと床に崩れ落ちそうになるのをこらえながらじっと立っていた。

どのくらいそうしていただろうか。気がつくと、私は流し台の上でライターを持ちながら喘いでいた。流しの中の汚れた皿の上で、テープはいやな匂いをたてながら燃えつきていた。

それが今からちょうど二週間前の話である。今、私はベッドの中だ。十日ほど前、あまりの体調の悪さに病院へ行くと、妊娠三カ月だと言われた。夫に、あのテープの話、そして過去に私が体験したあの話を聞いてもらったが、彼は笑うばかりで信用しなかった。彼は確固たる合理主義者で、目黒のマンションで起こったことはただの偶然であり、テープの件は妊娠による体調の変化が起こした妄想に過ぎないのだ、と説明した。妊娠のせいで、かつての恐怖心が無意識のうちに甦り、テープの中にありもしない声を聞いてしまったのだ、と。

夫は今、ベッドの脇のロッキングチェアーの中で、くつろぎながら雑誌をめくっている。私はそっとベッドの中で自分のお腹をさすってみる。まだふくらみの感じられない下腹部のあたりで、確実に何かが育っていることがわかる。あと数カ月もすれば、この子は生まれてくるのだ。

この子……そう考えて、私はぞっとし、手の動きを止める。夫を見る。夫はおだやかな顔をして雑誌を読み続けている。私は突然、泣き叫び、「いやだ、産むのはいやだ、怖い！」とわめく。夫は驚いて私をなだめにかかる。大丈夫、君は神経が立ってるだけなんだよ、さあ、落ち着いて。

だが、私は知っている。あと数カ月後、生まれてくる子のことを。赤ん坊の姿に形を変えてにっこり笑いながら現れるであろう、あの男のことを。私は自分の身体の中で、すでにもう、知ってしまっている。

黒の天使

一斉に人々の目が宏治に向けられた。熱い視線、好奇心に満ちた視線、なつかしそうな視線、無関心を装おうとする視線……。

彼は見られていることを充分に意識しながら、会場の入口でぺこりとお辞儀をした。

「遅れちゃってすみません」

彼の近くの席に坐っていた女が、「うわぁ」と小さく溜息をついた。「夏目君。ほんとに夏目君だわ」

「いよっ、待ってました！」と誰かがふざけて言った。一同がわーっと騒ぎ、会場内は熱気に包まれた。丸い大テーブルの上には色とりどりの中華料理が並べられている。連中はビールや紹興酒をしこたま飲んでいるらしく、すでに昼間から相当ご機嫌になっている男もいた。

卒業して十五年ぶりの小学校のクラス会である。誰がどんなきっかけで十五年たった後の顔をさらし合おうと計画したのかはわからない。が、出席の通知を出し、現に会場に足を運んで来た人々は、宏治と同様、人生に成功したか、あるいはこの世に生を受けたことを悔やんでいないか、そのいずれかの人間であることだけは確かなようだった。

男が十一人、女が六人。男たちは全員、上等な背広に身を固め、女たちは生活の余裕を誇示するかのように、洗練された装いをこらして優雅に微笑んでいる。

「全員、自己紹介と近況報告を終えたばかりでね。夏目君、来たばかりで何だけど、近況をみんなに紹介してくれるね」ダンボという渾名《あだな》だった当時の担任教師がにこにこして言った。七十は過ぎていると思われるのに、渾名通り、耳だけは相変わらず立派で大きい。

いいですとも、と宏治は大きくうなずいた。

「夏目君の近況を知らない奴は非国民ですよ、先生」とひとりが大声で言った。「レコード大賞新人賞をとった大スター、今を時めく人気シンガーソングライターなんですよ。さっきからウェイトレスがあっちで大騒ぎしてる」

「あたしも後でサインしてもらおうっと。夏目君、あたしの姪があなたの大ファンなのよ」そう言ったのは、昔、クラスの風紀委員をして口うるさかった吉田という女だった。

一同がどっと笑った。

彼はおもむろに立ち上がり、貴公子のような笑みを浮かべて、居合わせた人々の顔をぐるりと見渡した。遠くのほうで、店のウェイトレスたちが黄色い声を張り上げるのがはっきり彼の耳に届いた。

「遅れてしまって本当に申し訳ない」彼は軽く頭を下げた。「テレビの歌番組の収録が長引いてしまいまして。慌てて飛び出して来たんですが、遅れてしまいました。今日のクラス会は以前から楽しみにしていました。ええと……何から話したらいいものやら……」

彼は小学校を卒業してからの十三年間のことは語らず（実際、語るべきことなど何もない十三年間だった）、一昨年、ABC歌謡祭でグランプリをとって一挙に超人気シンガーソングライターになった時のエピソードだけを話した。

「おかげさまで昨年暮にはレコード大賞新人賞もとることができました。ツキがまわってきたと自負しています」彼は微笑んだ。煙草をふかしている男たちの中には、「たかが歌手のくせして」とでも言いたげに、そっぽを向いている者もいたが、宏治は気にしなかった。

ここに来ている連中には、一流会社の社員も医者もいるだろう。だが、それが何だっていうんだ……と彼は内心、ほくそ笑んだ。こいつらが外に出ても、ただの男だが、俺は違う。女たちが群がり、どこの店に行っても俺の曲が流れ、駅には俺のポスターが所狭しと貼ってあるんだ。もう昔のひ弱な俺じゃない。俺はスターなのだ。そう思うと、一層、誇らしくなり、彼は長く伸ばした前髪をかき上げてライトを浴びた時のように遠くを見つめるしぐさをしてみせた。

ひとりの女が彼にこぼれるような微笑を投げ返してきた。さっきまでは気づかなかったが、なかなかいい女だった。小柄だが、身体に貼りついたような黒いニットワンピースの胸は見事にせり出している。よく見るとあどけない、童女のような顔立ちだった。誰だっけ、と彼は思った。そう言えばあんな顔が昔、クラスにいたことは思い出せるが、名前とどうしても結びつかない。

自己紹介というよりも、自慢話に近い形でスピーチを終えると、全員が拍手をし、今度は彼のためにひとりひとり、簡単に自分の名前と職業を紹介し始めた。医者、銀行員、老舗《しにせ》の呉服屋の跡取り、パイロットの妻……。

黒いワンピースの女の番になると、女は意味ありげに宏治をちらりと見た。

「寺田祥子です」と女は言った。澄んだきれいな声だった。「銀座の音楽教室でピアノを教えています」

寺田祥子か、と宏治はその名前を思い出し、ただちに彼女に微笑を返した。寺田祥子。給食に出てくる脱脂粉乳が飲めないと言っては、しくしく泣き出す子供だった。成績もあまりよくない陰気な子だったと記憶している。へえ、あの痩せっぽちの泣き虫がねえ、と彼は感心した。いい女になったもんだ。

型通りの自己紹介がすむと、全員、残ったものを食べ、騒ぎ、思い出話に大笑いして、時間はまたたくまにたった。女のひとりが宏治のところにやって来て、彼のデビュー曲である『ブラックエンジェル』の入ったＬＰにサインを求めた。彼が快く応じると、周囲から嬌声がおこった。

寺田祥子がすぐ近くにいた。彼は眩しそうに目を細め、「やあ」と言った。「きれいになったね」

「おかげさまで」彼女はいたずらっぽく笑った。「あなたもすっかり成功なさって」

「いや、これからが大変だよ。デビューが遅かったからね」

「私も『ブラックエンジェル』は発売と同時に買わせていただいたわ。素晴らしい曲ね。歌詞もメロディも、それに歌も」

ありがとう、と宏治は照れ、ほとんど唐突に、人生ってやつはなんて素敵なんだ、と思った。十かそこらの洟垂《はなた》れ小僧からはまるで想像もつかないような人生が、現実に自分のものになる。それが人生なのだ。

クラス会は五時に解散となった。事務所に連絡を入れることになっていた宏治はひとり、会場になっていたホテルのロビーに行った。彼の姿に気づいた客たちが大騒ぎし始めた。

サインのための色紙を買いにドラッグストアに走る女、遠巻きに眺めてはしゃぎ回る女……。

黄色いプッシュホンの受話器を取り、何気なくあたりを窺うと、寺田祥子がロビーの片隅で彼に熱い視線を投げているのが目に入った。

祥子は遠くから見ると、なおさら魅力的に見えた。身長は低いが、均整のとれた身体つきや背筋をぴんと伸ばした自信ありげな立ち姿は、その髪の毛をブロンドにさせたらデパートのおもちゃ売場で見かけるバービー人形そっくりだった。

「もしもし」と彼は応対に出た事務所の女の子に言った。「これからクラス会の流れでちょっと飲みに行くんですよ。また連絡します」

明日の朝は八時にスタジオ入りだから飲みすぎないように、とわめく相手を無視して受話器を置くと、彼は真っ直ぐに祥子のほうへ歩いて行った。彼女は無邪気な笑顔で彼を迎えた。

「ひとつ、聞きたいんだけど」と宏治は言った。「君、結婚は?」

「あいにく、まだよ」彼女は答えた。「趣味が多すぎて、なかなかそっちのほうまで手が回らなくて。あなたもそうなんでしょ」

「その通り」彼は笑い、自慢の白く形のいい歯が少しだけ見えるように口許に神経を集中した。「今夜、君の帰りを今か今かと待ってる男性はいる?」

「それもあいにく、いないわ」

「じゃあ、決まりだ」彼は男らしく胸を張った。「これからどこかに飲みに行かないか」

ふふふ、と祥子は笑い、笑った後でつけ加えた。「そう誘ってくださるのを待ってたのよ。私の部屋に来る?」

「君の?」

「ええ。外であなたと一緒にいると落ち着かないわ。私のマンションでゆっくり飲まない?」

挑発的な感じが宏治をわくわくさせた。彼は彼女をかばうようにしてロビーを抜け、サインをねだりに来る女たちを笑顔で追い払いながら、玄関前のタクシーにすべるようにして乗り込んだ。


祥子のマンションは高輪にあった。十階建てのマンションの八階でエレベーターを降りると、祥子はてきぱきと805のドアの鍵を開け、中に宏治を案内した。

2DKの平凡な間取りだった。女の一人暮らしにしては、どこかそっけない感じがする。壁一面に本棚がしつらえてあり、文学書や小説などがびっしりと詰まっているだけで、花

「何を飲む？　スコッチ？　バーボン？　それともビール？」

祥子は居間のサイドボードを覗きこみながら聞いた。宏治は「バーボンにするか」と答えながら、しげしげと室内を観察した。古びたアップライトのピアノが部屋の隅で埃《ほこり》をかぶっている。最近になって鍵盤を叩いたかどうかも怪しいものだった。

「ピアノ教師っていうよりも、君はまるで学者だね」

「あらそう？」

「本がこんなにある」

「まあね。趣味よ」

微笑みながらバーボンのロックをふたつ、銀のトレイに載せて持って来ると、祥子は早速、宏治のデビュー曲『ブラックエンジェル』について喋り始めた。それは素人の褒《ほ》め言葉というには、専門的に過ぎるところがあった。宏治は呆気にとられて彼女のよく動くふっくらした唇を見つめていた。

「ともかく」と祥子はグラスをゆっくりと玩《もてあそ》びながら言った。「あの曲は魔法みたいなものだわ。理屈を超えて人間の心を揺さぶるのよ。不思議でうっとりとさせて……そう、まるで麻薬よ」

「ありがとう」宏治は上気しながら言った。「さすがにピアノ教師をやっているだけあるね。君は素人じゃないな。音楽をよくわかってる」

うふふ、と彼女は童顔には不釣り合いなほどの大人びた笑みを浮かべ、彼を見た。

「ほんとはね、ピアノ教師は食べていくための手段でしかないの。私は作家志望。何度も小説や手記みたいなものを応募したり投稿したりしてるのよ。応募魔なの。今のところ、ちゃんとした大きな雑誌には載せてもらったことがないけど、でもそのうちに、って思ってるわ。絶対に載せてもらえそうな話もできてるから」

「へえ」と彼は目を丸くした。「意外だな」

「みんなそう言うわ。音楽と文学って、そう簡単には両立しないんじゃないか、って。でも私は両方とも好き。好きなことをやるのが一番だわ。そう思わない？」

「そうだね」と宏治はうなずいた。「そして成功すれば御の字だ」

「でも、汚いやり方で成功したいとは思わないわね。自分で言うのもおかしいけど、私は真摯《しんし》なところがあるのよ。正当に勝負して、正当に勝ちたいの。最後に勝つのは真実よ。汚い方法を用いると、必ず後でボロが出るわ」

祥子は煙草をくわえながら視線を宙に走らせた。彼は急いで火をつけてやった。

「汚いやり方で成功するってどういうことだい？」

「いろいろあるわ。お金で成功を買うとかね」

「ああ、そういうことか。それならこの世界にもたくさん例はあるよ。もっとも僕はやりたいとも思わないけどもね」

「当たり前だわ。一度それをやったら、人間、汚れていくばっかりよ」

ふーっ、と彼女は煙を大きく吐き出した。

「ね、もっと懐かしい話をしましょうよ。なにしろ十五年ぶりだしね。固い話をすべき時じゃないわ」

自分からこの話をし出したくせに、と思ったが宏治は黙っていた。祥子の口調にはかすかな傲慢さが見え隠れしていた。どんな小説を書くのか知らないが、と彼は内心、せせら笑った。こうギスギスした考え方をしていちゃあ、大物にはなりそうもないな。

ふたりは小学校時代の思い出話を始め、互いにいかにおとなしく、いじめられるタイプであったかを面白おかしく語り合った。宏治が「君は給食のミルクを飲めなくていつも泣いていた」と言ってからかうと、彼女は「あら、あなたなんか色が白くて華奢で、女、女って言われてたじゃないの」とやり返し、げらげら笑った。

「かわいそうだっていつも思ってたのよ。ほんとに後ろから見ると女の子みたいな身体つきをしてたもの。それがねえ、こんな立派な男になっちゃうんだから。面白いわねえ」

「まったくだ」

「それに昔のあなたったら、虚弱でねえ。パブロフの条件反射みたいに、朝礼が始まると、もう、貧血おこしてたっけ。先生が〝朝礼だぞ〟って言うと顔がさーっと青くなるの。信号みたいだったわ」

そう言って彼女はまた、笑った。

宏治は相手に合わせて笑い続けながら、次第に居心地の悪い気分になった。いやな女だ、と彼は思った。

ひとしきり笑い終えると、祥子は彼の隣に来てふわりと腰を下ろした。「ああ、楽しいわ」

「楽しいね」

「私、酔ったみたい」彼女は柔らかな身体を彼の肩にもたせかけた。

酔ったようには見えなかった。顔色も変わっておらず、吐く息もそれほど酒くさくはない。甘い香水の匂いが鼻をつく。

「ほんとのこと言いましょうか」彼女が前を向いたまま言った。

「なんだい？」

「今日のクラス会、私が計画したのよ」

「ほう。それは初耳だ」

「どうしてだか知ってる?」

「さあ」

「あなたに会ってみたくって、それで……」

「光栄だ」彼は彼女をちらっと見た。彼女は微笑んだ。

「ほんとよ。私、『ブラックエンジェル』を聴いて以来、あなたの大ファンだもの。会いたくてたまらなかった」

宏治は黙っていた。甘ったるいセリフを吐きながら、祥子の口調にはどこか投げやりなものが感じられた。

祥子は彼の耳元で囁いた。「ね、あなたのレコードかけましょうか」

「いいよ、今さら」

「いいじゃないの、照れなくたって。あなたの曲よ」

祥子はよろけるようにして立ち上がると、レコードプレイヤーの蓋《ふた》を開け、針を落とした。クラス会に出かける前、すでに何度か聴いていたらしい。レコードはそのままプレイヤーの上に載っていた。

君はブラックエンジェル
僕を惑わせ闇の彼方に飛んでいく
君はブラックエンジェル
夜を飛び交い僕の心をかき乱す

リズムを取りながら、祥子は小声で口ずさみ、そしてくすくす笑った。

「何がおかしい」

「おかしいわ。これを歌ってる人が目の前にいるんですもの」

彼は唇を舐めた。「君がここに誘ったんだよ」

「そうよ。そしてあなたはおとなしくついて来た。私もあなたも大人の男と女」

祥子はおかしなメロディをつけてそう言うと、静かに宏治の首に息を吹きかけた。ぞくっとする感じ……女を抱きたくなる時に決まって表れるあの単純な性的興奮の兆しが彼を襲った。彼は幾分、乱暴に祥子をかき抱いた。

どうせ男日照りなんだろう、と彼は考えていた。それならば、そこらのグルーピーの女どもを相手にする時となんら変わりのない一時を過ごせるはずだ。明日の朝は早く起きなければならないし、さっさと楽しんで早めに帰るとするか。

黒のワンピースの背中のファスナーをゆっくりと下ろしてやると、祥子は「あ」と小さな声を上げて身体をくねらせた。

「ちょっと待って。ごめんね。忘れてた。私、こないだ肩の付け根を捻挫しちゃってね。見てよ。こんなもんを貼ってるの。色気がないでしょ」

見ると彼女の肩には白い大きな湿布薬が貼ってあった。「おやおや」と彼はひょうきんな顔をしてみせた。興醒めであることは事実だが、今さらそんなことは言えない。

「友達とスキーに行って、尻餅をついた時におかしな転び方をしたらしいのね。もう、痛くて、痛くて。ごめんなさいね。これ、はがしておくわね」

祥子は身体をよじりながら、肩の湿布薬をそろそろとはがした。彼はにんまりと笑いながら彼女に顔を近づけ、そっと口を塞いだ。

「寝室はどこだい?」彼は彼女の耳元で聞いた。彼女はかすかな喘ぎ声を上げながら、「すぐそこよ」と白いドアを指さした。彼は死んだ猫のようにくにゃりとした彼女の身体を抱き上げると、そのままドアの向こうのベッドへもぐりこんだ。

祥子は喘ぎ、身体をくねらせ、型通りのクライマックスを迎えたが、それはどこかしら白々とした感じを宏治に与えた。教則本通りの反応と言ってもよかった。

機械的に行為を終え、ベッドにうつ伏せになると、宏治の中に或る種のうんざりした感じが甦った。それは昔、飲み屋で知り合った知らぬ女とひと晩過ごし、翌朝感じたあの説明のしようもない不快な気分にも似ていた。

祥子は軽く肩で息をしながらじっとしていた。彼は姿勢を変え、もぞもぞとジャケットを引き寄せて煙草を取り出した。

「灰皿はサイドテーブルの上よ」祥子がかすれた声で言った。ぞんざいな口調だった。彼は黙って灰皿を引き寄せ、煙草に火をつけた。レコードはとっくに終わったらしく、居間からは物音ひとつしない。

「ま・さ・き・ゆ・う・い・ち」

祥子が毛布を肩まで引き上げながら、歌うように言った。宏治は驚いて彼女を見下ろした。祥子はいたずらっぽく笑って繰り返した。

「正・木・雄・一」

心臓が喉から飛び出しそうになった。彼はなんでもなさそうに聞いた。「なんだい」

「あら、知ってるはずでしょ。あの正木さんのことよ」

「なんのことか……」と宏治は顔をひきつらせた。「誰だい、それは」

「いやあね。忘れたの？　あなたの『ブラックエンジェル』の本当の作者じゃないの。正木雄一が死んでから、あなたは彼の未発表の曲をそのまま歌謡祭に持ち込んで歌い、グランプリを取ったんでしたっけね」

全身の毛穴がいっぺんに開いたような感じがした。宏治はつけたばかりの煙草を灰皿でもみ消し、髪の毛をかき上げると、全裸のままベッドから飛び下りた。

「あら、どうしたの？　いきなり」

「くだらない言いがかりはよして欲しいな。僕はこれで失礼するよ」

「言いがかりに聞こえたのだったらごめんなさい」祥子が神妙な顔で言った。「そんなつもりじゃなかったんだけど」

「じゃあ、何のつもりなんだ。いくら君が小学校時代のクラスメートだからといって、そこまで悪質な冗談を言うのは許せない」

彼は急いで下着をつけ、乱暴にシャツのボタンをはめてからジーンズをはいた。冷静になれ、と自分に言い聞かせたが、難しい注文だった。ジーンズのポケットから小銭がじゃらじゃらと音をたててカーペットの上にこぼれた。彼は身を屈め、慌ただしくそれを拾い集めた。

「ねえ、夏目君。私、冗談を言っているんじゃないのよ」祥子がいささか困惑したように言った。「事実を言っただけなんだから」

「いいかい。君は僕を決定的に侮辱したんだ。どこにそんな証拠がある。人をからかうのもいい加減にしてほしい」

「あなた、正木雄一のことを知らないって言うつもり？」祥子は無表情に彼を見つめ、抑揚をつけずに聞いた。「売れないバンドマンだったけど、それなりに才能を持っていたあの正木雄一よ。二年前に死んだけど」

「売れないバンドマンだかなんだか知らんが、そんな奴とは会ったことがない」

「無理しなくてもいいじゃないの」彼女は冷笑を浮かべた。「あなた、以前、運送屋のアルバイトをしていたわね。覚えていない？　二年前、千住の小さなアパートに住んでいた正木雄一って男の引っ越しを頼まれたでしょ。ほら、ギターや楽器類やオーディオセットがたくさんあったアパートよ。彼は千住から船橋のマンションに引っ越したわ」

「さあね」宏治は片方の靴下がどこかになくなっているのを探しながら、無関心を装った。

祥子は続けた。

「その引っ越しの際、運送屋としてやって来たあなたは、彼の荷物の中からこぼれ落ちたか何かした楽譜を黙って持ち帰った。あなたが昔からシンガーソングライターを夢みていた人じゃなかったら、そんな楽譜は屑同然だったでしょうけどね。でも、あなたにとってそれは屑どころか人生へのパスポートだった。あなたはひと目見るなり、その楽譜に書かれているメロディと歌詞がただならぬものであることに気づいた。タイトルは『ブラックエンジェル』。あなたは早速、それをそのまま、かの有名なABC歌謡祭に出品して、自分で歌ったんだわ」

「馬鹿な！」と宏治は吐き捨てるように言った。「言いがかりだ！」

「気の毒だけど、私が証人なのよ」そう言って祥子は面白そうに微笑んだ。「だって、私、正木雄一の婚約者だったんだもの。あの『ブラックエンジェル』の歌が大好きで、私は彼と一緒によく歌ったものだわ」

宏治は立ち竦《すく》んだまま、黙っていた。頭の中で「そんな馬鹿な」という言葉だけが、わんわんと反響した。鬼のような顔をしたスポーツ紙や芸能雑誌の記者、それにテレビのレポーターたちから追い回される自分の姿が浮かんだ。『人気シンガーソングライター、不名誉な結末』と題された記事も目に見えるようだった。彼は口を半開きにし、ぼんやりと祥子を見つめた。

二年前のあの日の情景がくっきりと頭の中に甦った。かすんだように曇った春の日の午後だった。前夜、いつものスナックでギターの生演奏のバイトをしたのだが、客にからまれて喧嘩をした。そのせいでしこたま飲み、朝からかなりひどい二日酔いだった。

引っ越しの仕事があったので運送屋のトラックで千住に出向くと、ひとりの髭面の男がレンタカーにギターを三本ばかり積み込んでいるところだった。正木という男だった。

「こいつはね」と男は宏治に言った。「こいつだけはどんな時でも手放せないんだよ。俺の商売道具だからね」

その気持ちは痛いほどよくわかった。宏治は同類を見つけたような親しみを感じ、作業をそっちのけにして、男としばらく音楽の話をした。男は幾つか曲を作っているんだ、と言った。今は売れないがそのうち武道館を満員にしてやるさ、と。

「ほら、そこにトランクがあるだろ」男はアパートの玄関前に置いてある黒い革製のトランクを指さした。「あの中にごっそり、俺の作った歌の楽譜が入ってるよ」

「凄いんですね」と宏治は言った。男は気をよくしたのか、煙草をくわえたままトランクを開けてみせた。黄ばんだ楽譜の束が路上にあふれた。

「こいつなんか、最高なんだぜ」そう言って男が宏治に見せたのは『ブラックエンジェル』とタイトルがつけられた真新しい一枚の楽譜だった。〝正木雄一〟とサインがしてある。

「自分で言うのもなんだけど、いい出来さ。実を言うとまだ、発表していない」

「出来たてのほやほやですか」

「そういうこと。俺、今度、結婚するしさ。気分が乗ってたんだろうな。こいつは大傑作さ。ヒット間違いなしだ」

へえ、と宏治は感嘆符を並べた。男はにっこりと笑い、「君も頑張れよ」と言って楽譜を元のトランクに戻した。

話したのはそれだけだった。男は楽器を積み終えると引っ越し先の船橋のマンションへと、ひと足先に出発してしまった。

家具は安っぽいものばかりで、しかも数が少なかった。トラックに積み込む作業はすぐに終わった。宏治はひと仕事終えると、荷台に坐って一服した。ふとそばにあった黒いトランクに目がいった。

説明し難い誘惑が彼を突き動かした。『ブラックエンジェル』。ヒット間違いなし。そう断言する自信のほどを確かめてみたかった。ちょっとだけうちに持って帰るくらいならいいだろう。どうせ、大したものでないに決まっているのだ。

彼は仲間の運送屋の目をごまかして、そっとトランクを開け、『ブラックエンジェル』の楽譜をズボンのポケットにねじこんだ。

アパートに帰ってから、ギターで音を出してみた。見事な曲だった。美しく、切なく、同時に激しい曲だった。シンガーソングライターを目指して、一度は作って歌ってみたいと思う曲があるとしたら、まさにそのものだったと言っていい。

だが、それは所詮、あの正木という男のものだった。いくら素晴らしいからといって、自分のものにしてしまえるわけもない。

結局、返しに行こうと思い、宏治は五日後に、正木の引っ越し先であるマンションに出向いた。正木雄一に会って、無断で持ち帰った詫びをし、曲の素晴らしさ、感動を伝えたいと思っていたのである。

チャイムを鳴らすとひとりの老女が現れた。片目が白内障にかかっているのか、瞳が白くつぶれていた。正木雄一のことを聞くと、老女は白い瞳をじわりと濡らし、声を詰まらせた。

「雄一は三日前に、亡くなりまして」と彼女は言った。「車にはねられましてね。呆気ないもんでした」

どうしてあんな、大それたことを実行に移せたのか、彼はいまだによくわからないでいる。良心の呵責など、ものの一日たらずできれいに失せた。正木は誰にも見せていない曲だ、と言っていた。誰も知らない曲、完全に未発表の曲を宏治は持ち帰ったのだ。

チャンスだった。二度とないチャンス。これだけのメロディと歌詞があれば、ABC歌謡祭で上位入選できるかもしれない。

宏治は『ブラックエンジェル』をひっ下げて、歌謡祭に出場し、一発でグランプリをとった。そして……。

「かわいそうね、あなたも」祥子が気の毒そうに言った。「私、正木の作った曲はひとつ残らず知ってるのよ。ふたりで必ず歌ったしね。彼は中でもあの『ブラックエンジェル』を気に入ってたわ。私も大好きな歌だった。あれを歌うと高揚するのよ。ハイな状態になれるのよ。忘れるものですか」

「どうして」と宏治は絞り出すような声で言った。「君は僕がデビューした時、黙ってたんだ。すぐに正木の曲だとわかったんだろ」

「もちろんよ。驚いたわ。正木の曲をあろうことか、小学校時代のクラスメートが歌って女の子たちの黄色い声を浴びてるんですからね。おぞましい。ぞっとしたわ」

祥子はのろのろとベッドから起き上がり、形のいい乳房を露わにして下着をつけ、どこからか取り出してきたTシャツを頭からかぶった。そして、それだけの動作をすると、もう疲れ果ててしまったかのように深い溜息をついた。

「僕にどうしろと言うんだ」宏治は苦々しい思いで聞いた。認めざるを得ないところまで追いこまれた男は、いったいこの先、何をどう、喋るべきなのか、皆目、見当もつかなかった。「金が欲しいのか」

言ってしまってから、馬鹿な質問だった、とすぐに後悔した。祥子は顎をつんと上げ、鼻を鳴らした。

「やくざなセリフがお似合いね。汚らわしい人！」

「金が欲しくないなら、何なんだ。死んだ恋人のために僕に復讐するって言うのか」

「そういうことよ。やっとわかったのね」

「それにしても、いったい何をどうやって復讐しよう、っていうんだ。今ごろになってクラス会まで開き、僕を待ち受け、酒を飲ませてから誘うなんていう、まわりくどいやり方をしたのは何のためなんだ」

祥子は乾いた唇を舐め、かすかに笑った。

「わからないの？　お馬鹿さんね。あなたの子供を作ってやるためよ」

「何だって？」彼は呻いた。「子供？」

「そう。今日、私は子供ができる日なの。わかる？　女を長くやってると、そういうタイミングをうまく知ることができるのよ。まさに今夜よ。多分、これで妊娠するわ。私って妊娠しやすい体質なの」

馬鹿な、と彼は苦笑してみせた。こいつは頭がおかしいのかもしれない。まったくだ。頭がどうかしてる。

「子供を作って週刊誌にスキャンダルを売ろうって魂胆か。やれるならやってみろ」

彼女はぎらぎらとした獰猛《どうもう》な視線を彼に投げた。宏治はおかしなことに、その時、自分が靴下を片方しか履いていないことを思い出し、腹立たしいほど惨めな気持ちになった。靴下を片方しか履いていない時に女から「あなたの子供を作ってやる」などとわめかれるくらいなら、死んだほうがましだと思った。

彼は、もう片方の靴下を素早く探した。しかし、脱ぎ捨てた時、ベッドの下にでももぐりこんでしまったのか、見当たらなかった。

「ちくしょう！」彼はなくなった靴下と祥子と、そして見事に負けを認めざるを得なくなった自分を同時に罵《のの》った。彼女は構わずに続けた。

「昔のあんたは生っ白い病弱な子供だったわね。体力がないのをいいことに、いつも教室の片隅で自分に餌を投げてくれる人が現れるのをじっと待ってるような子だったわ。ずる賢い子だった。生きるのが下手な分だけ、他人を利用するのがうまいのよ。ちっとも変わってない。才能もないくせに。あんた知ってるの？『ブラックエンジェル』以降大した曲ができてないじゃないの。あんたはその甘いマスクだけを売りものにしてる男娼みたいなもんなのよ。男娼！」

頭に血がのぼり、吐き気が彼を襲った。「黙れ！」彼は怒鳴った。祥子は黙らなかった。

「苦しむがいいわ。私が真実を知ってる限り、あんたは私との間にできた子供を認知せずにはいられなくなるのよ。一生、あんたは私に気をつかって生きるのよ。さもないと、鬼より怖い週刊誌が追いかけてくるわ」

彼はつかつかとベッドに歩み寄り、祥子の細い腕をつかんで強く引っ張った。

「何すんのよ」

「来い！」

「痛いじゃないの。放してよ」

彼女は暴れ、抵抗したが、宏治の力にかかると、小柄な身体は嵐の中の紙きれ同然だった。彼女はすぐにベッドから振り落とされた。

「電話するんだ。今すぐ」彼は怒鳴った。自分でも言っている意味がわからなかった。突き上げてくるような怒りが彼を自暴自棄にさせた。

「電話するってどこへ？」

「新聞社だ。いや、テレビ局でもいい。君がしたいところに電話しろ。そして言えばいい。真実とやらを暴露すればいい！」

「いやよ！　私はあんたをなぶり殺しにしたいんだから！」

「いいから、今すぐ電話しろ！」

宏治は全力をこめて祥子の左腕を強く引いた。抵抗を続ける祥子の身体が、一瞬、ふわりと宙に浮き、引っ張られていないほうの腕が床に叩きつけられた。

「キャ」という小さな悲鳴が聞こえた。

「待って！　待ってよ！」彼女が叫んだ。「腕が……ああ、肩が……」

声にふと哀れさがにじんだ。宏治が反射的に手を放すと、祥子は身体を折り曲げて呻き始めた。

どうしたのか、と聞くのもいまいましかった。彼は黙っていた。彼女は情けない声で肩を抱き、「痛い」とつぶやいた。

「スキーで捻挫したところをまたひねってしまったわ」

「夏目宏治に暴行されたと言えるからそれもいいじゃないか」宏治は冷やかに言いながら、祥子の右の肩をぐいと持ち上げようとした。彼女は「痛い」とわめき、目に涙を浮かべた。

「ひどいことをするのね」

「電話をかけさせようとしただけだ」

「まだ公にはしないって言ったでしょ。ああ、痛い……」彼女は顔をしかめ、恨めしそうに彼を見た。「水で冷やすといいかもしれないわ。悪いけど、バスルームでタオルを濡らして持って来てくれない？」

事態が好転したのか、それとも一時的に休戦状態に入っているだけなのか、わかりかねた。彼はとりあえずバスルームに行き、目についた赤いタオルを水に濡らして持って来た。

祥子は黙ってそれを受け取り、しばらくの間、肩をかばうように冷やしていたが、やがて、のろのろと立ち上がった。クロゼットから巻きスカートを出し、彼の見ている前でそれを腰に巻いた。結婚二十年になる夫に、出来心からの浮気を告白した後の中年女みたいな緩慢な動作だった。

「何か飲む?」ひっそりとした声だった。

「僕はもう、客じゃない。サービスはいらない」

「私が飲みたいのよ。ビールでも飲みましょう」

ダイニングルームの白い小さな冷蔵庫の扉を開け、彼女は缶ビールを二缶取り出した。

「ひどいことを言い合ったものね」

「君が言ったんだ。僕じゃない」

「ああいう言い方は本当は私の趣味じゃないのよ。あなたに会って言いたいことを整理しておいたはずなのに、かなり横道にそれて感情的になったもんだわ。悪く思わないで」

彼女は直接、缶に口をつけてビールをごくごくと飲んだ。そして飲み終えると、聞き取れない小さな音で慎ましくげっぷをし、ダイニングテーブルの椅子に腰を下ろした。

ふたりは長い間、黙りこくっていた。窓の下を走る国道の騒音が遠くに聞こえる。

「ねえ」と祥子が口を開いた。「あんた、これで一生の終わりね。お気の毒だと思ってるわ」

「終わるもんか」彼は祥子を睨みつけた。「誰かに喋りたければ、喋ればいい。僕はすでにスターダムにのし上がってしまっている。君が真実を喋ることにより、僕がつぶれるかどうか疑問だよ。悪いけどね。ひとたび、スターになった人間はなまはんかなことでは落ちていかないもんだ。君がいくらわめいても、僕の人気は変わらないよ」

「ずいぶんな自信ね」祥子は疲れた様子で手を伸ばし、食器棚の引き出しから湿布薬の箱を取り出した。

「肩が痛むわ。これ、貼ってくれない?」

彼女はTシャツの肩を剝き出しにした。大判の白い湿布薬には薄いビニールのシートがついていた。彼はそれをはがし、乱暴に彼女の肩に貼ってやった。

「私を殺したいと思ってるんじゃない?」

彼は肩をすくめた。「その通りさ」

「どっちでもいいわよ」

「何が?」

「殺してもいいし、殺さなくてもいい。どっちにしろ、あんたは今後、苦しむんだわ」

祥子は彼を睨みつけ、つと立ち上がるとベランダの窓を開けた。風のない夜だった。ベランダのはるか彼方に高層ビルのネオンが瞬いて見える。

「僕を苦しめれば満足なんだな」

「そうよ。言ってるじゃないの。あんたが今、私を殺せばそれなりに苦しむだろうし、殺さなかったらまたそれなりに苦しむ。諦めることね」

彼はゆっくりと椅子から立ち上がり、ベランダに出た。殺して苦しむだと？　お笑い草だ。そう彼は思った。俺が今夜、ここにいることは誰も知らないんだ。それに何の証拠もない。この女さえ消せば……。

頭が急に明晰な活動をし始めたような感じがした。恐ろしいことをしようとしている、と思えば思うほど恐怖が消え、理性が甦った。彼はそっと祥子に近づいた。

並んで立つと、彼女の頭は宏治の胸のあたりまでしかなかった。祥子はベランダの手すりを左手でつかみ、遠くを見つめた。「私にとって正木は人生そのものだったわ。正木が死んでから私も死んだのよ。あんたのことを片づけてしまえば、もう心残りはないわ」

隣近所のベランダはしんとしていた。国道をはさんだ正面は三階建ての低いビルで、ふたりが立っているベランダから見下ろしても、ビルの窓は遥か下のほうにしか見えなかった。

宏治は両手を高くかざし、彼女の背後に回った。だが、その立ち姿は滑稽にも祥子の一言でそのまま停止させられることになった。

「悪いわね」と彼女は言った。何のことなのかわからなかった。え？　と彼は反射的に聞いた。彼女は、ふふっと笑い、まるで牧場の柵を乗り越えるおしゃまな少女のような身軽さでベランダの手すりに足をかけた。

「さあ、あんたの苦労の始まりよ」

「待て！」と宏治は叫んだ。遅かった。次の瞬間、彼女の肉体はひらひらと舞うようにして、遥か下の国道上の彼方へと消えて行った。

どすんと地響きがした。車が急停車する音、クラクションが激しく鳴る音がした。

下を見る余裕はなかった。震える足取りで部屋にとって返した。頭が混乱し、わけがわからなくなった。自殺！　どうして！

彼はダイニングテーブルの上に飲まずに置いてあった缶ビールをそのまま、ジャケットのポケットに突っ込み、ハンカチを取り出して自分が手を触れたと思われる場所の全てを拭いて歩いた。ベッドサイドの灰皿。バスルームのドアの把手と水道の蛇口。ベランダへ抜けるサッシ……。灰皿からは自分が吸った煙草の吸殻も忘れずに抜き取った。そうした作業を終えるのに一分もかからなかった。だが、玄関に走り、靴を履こうとして彼は茫然となった。

靴下を片方しか履いていない！

くそ！　と彼はつぶやき、再び室内に戻った。ベッドルームで服を脱いだところまでは覚えているが、靴下をどこにどう放り投げたのかはまったく記憶にない。

寝乱れたベッドの蒲団を注意深くめくってみた。ない。早く！　早くしないと、誰かがここにやって来る。

ベッドの下を覗いたがそこにもなかった。枕の下、ドレッサーの横にもなかった。他に家具もない部屋だから、それ以上探す場所はなかった。いったいどこへ……。

もう、パニック寸前だった。これ以上、一秒だってここにはいられない。

後になって靴下を片方、発見されることよりも、今ここに誰かに踏み込まれることのほうが恐怖だった。彼は玄関に走り、靴を履き、そっと外の様子を窺った。廊下はしんとしていた。国道に落ちた女の死体がこの部屋の住人であることは、まだわかっていないらしい。

ハンカチでドアノブを回し、そっと廊下に出た。誰もいなかった。彼は額の汗を拭い、ジャケットの皺を伸ばして、落ち着いて廊下を歩いた。エレベーターなどは決して使わないほうがいい。

廊下の空気はひんやりとしていて、気持ちがよかった。もう、大丈夫だ、と彼は思った。靴下の片方くらい、証拠にも何もなりはしない。第一、俺は殺しちゃいないんだ。誰にも見られずに非常階段を使って外に出ると、祥子が墜落した現場にはもう、人だかりがしていた。遠くからサイレンの音が響いた。彼は息をはあはあと切らせながら、走り、裏通りを抜け、そして顔を隠しながら流しのタクシーを拾った。

「……本当にあのマンションには行かなかったって言うんだね」

警部というよりは、陰険な学者のような暗い目をした男が苦々しい顔をして言った。宏治は黙ってうなずいた。コンサートを終えたばかりの楽屋から連れ出されたため、動くたびに、着ている黒いステージ衣装からスパンコールがぱらぱらと床にこぼれ落ちる。

「しかし君はクラス会で寺田祥子に会っているな」

「ええ、そうですよ」彼は高飛車に胸を張った。「彼女に会ったのは僕だけじゃないでしょうが」

ふーむ、と警部は唸り、じろりと宏治を睨んだ。

「まあいい」と警部は宏治の目の前にどかりと腰を下ろした。「これを見たまえ」

差し出されたのは『月刊ドキュメント』という雑誌で、中程にしおりがはさんであった。

怪訝な顔をする宏治に警部は顎をしゃくってページを開けと命じた。

「ブラックエンジェル」というタイトルが目に飛び込んできた。筆者は寺田祥子。宏治は口の中がからからに乾くのを覚えた。警部は歌うように言った。

「驚いたね。最新号の『月刊ドキュメント』にホトケはこんなドキュメンタリーを投稿していたんだ。投稿魔だったらしいな。これまでもあちこちの雑誌に投稿してたらしい。が、掲載されたのはこいつが初めてだ。なんにしろ、衝撃的な内容だからな。読んでみるかい？　いや、読まんでもいいだろうな。君が知っていることばかりだから」

宏治は雑誌を抱えこみ、斜め読みした。そこにはAという名前のミュージシャンが登場し、引っ越しの手伝いから正木雄一の作った曲『ブラックエンジェル』の楽譜を盗んでデビューしたいきさつが、まるで見てきたように詳細に書かれてあった。

「私は正木雄一の婚約者だった」と最後に祥子は書き添えていた。「正木は『ブラックエンジェル』の曲を愛し、よくふたりで歌ったものだった。彼の冥福を祈るためにも、この事実を書きのこしておきたい」

宏治は読み終えると雑誌を床に放り投げ、「こんなもん！」と叫んだ。「ただの言いがかりだ！　あの女が俺を妬んで書いただけだ！」

「ほう」と警部はにやにやした。「それにしちゃ、詳しいよ。正木雄一についても調べはついている。事故で死亡したことも、その直前の引っ越しにおまえさんのバイトしていた運送屋を雇ったこともすべて事実だった」

「たとえそれが本当だったとしても」と宏治はまぶたが痙攣《けいれん》し出したために、目頭を押さえながら言った。「それと寺田祥子が死んだことがどう関係するっていうんです」

「そんなことはわからない。重要なのはただひとつ。君があの日の夜、あの部屋にいたかどうかということだけだ」

「いない！　冗談じゃない！　弁護士を呼んでくれ。もう、たくさんだ！」

「なあ、夏目さんよ。こいつは何だい」

警部はがさがさと音をたてながら、ポケットからビニール袋を取り出した。中には丸まった黒い靴下がひとつ、入っていた。

「おまえさんのだろ。え？　答えてみろ」

「違う！　何の証拠があって、そんな……」

「ガイシャが死亡した時に着ていた巻きスカートのポケットに入っていた」

「誰か他の男のでしょうが」

「さあね。調べればわかることだ。それともうひとつ、こいつはどうかね」

警部は別のビニール袋に入っている白いものを見せた。宏治は目を丸くし、ははは と力なく笑った。が、それは笑い声ではなく、唸り声のようにしか聞こえなかった。「湿布薬？　それがどうしたんです」

「ホトケが死亡時に肩に貼っていたものさ。ここからきれいに指紋が検出されている。多分、おまえさんのだろうがね」

「しかし……それだけのことでは……僕は……」

「な？　行ったんだろう？　あの部屋に。吐いちまいな。夏目さんよ。もひとつおまけにいいことを教えてやろうか。ガイシャの体内から精液が採取された。そいつの血液型を調べたら、おかしなことに君と同じだった」

宏治はわなわなと震えながら机に両手を置いた。麻痺したようになった唇の端から唾液がこぼれ落ち、ステージ衣装の胸を汚した。警部は読み上げるようにしてゆっくりと言った。「Ｒｈマイナス。この型を持つ人間は０・５パーセント程度しかいない。寺田祥子も運がいい。捜査がより楽になる」

あの女！　と宏治は唇を噛んだ。俺がＲｈマイナスだということを、あの女は小学校時代から知ってたんだ。

突然、彼は、小学校の理科の時間に血液型の話をしていた担任のダンボのことを思い出した。ダンボは宏治に向かって「夏目は確か、Ｒｈマイナスだったよな」と言った。宏治は「そうです」と答えた。そのことは幼いころから、両親に言われていたから知っていた。

ダンボは宏治を引き合いに出して、ひとしきり児童たちにその珍しい血液型の話をした。クラスメートたちは、一様に気の毒そうな、それでいて好奇心たっぷりの目で宏治を見つめた。その幾つかの視線の中に、寺田祥子の視線もあったはずだった。

夏目宏治がなんだか知らないけど、ヘンな血液型なんだってよ、という噂は以来、何度か流された。仮りにダンボの話に祥子が興味を持たなかったにしても、あれほど噂が流れれば、祥子の記憶の縁には、否が応でもこびりついてしまったに違いない。

いずれにしても、あの女は死ぬつもりだったんだろう、と宏治はわなわなと震えながら考えた。俺が殺さなくても、あの女は死ぬつもりだった。そうだ。どっちみち、この俺に嫌疑がかかるよう、あらかじめ台本は出来上がっていたのだ。靴下を片方、スカートのポケットにしのびこませたのも、捻挫をしてもいない肩に湿布薬を貼らせたのも、すべて計画のうちに入っていたのだ。

万が一、死に損なった場合……俺が殺さず、彼女も死ぬ気が失せた場合……そんな場合でも、応募したドキュメンタリーと妊娠、という手が残される。要するに……と考えて彼は吐き気がした。あの女はオールラウンドにあらゆる可能性を考え、何が起ころうが、俺だけに災難がふりかかるよう設定しておいたのだ。

「大スター、夏目宏治もおしまいだな」

警部はくすんだ黄色い顎を撫でながら、野太い声で言った。「ぞろぞろ揃った証拠物件、それに動機まではっきりしているんだからな」

「罠だ！」彼はわめいた。「あの女は俺を罠にはめるために自殺したんだ！」

ふん、と警部は鼻を鳴らした。「自殺だなんて誰も思っちゃいないよ。部屋を片づけもせずに死んでいく馬鹿がどこにいる」

「あの女は俺の目の前でベランダから飛び下りたんだ」

「認めたな。あそこにいたことを」

「そうだ。いた。確かにいた。しかし、俺はやってない。ほんとだ。彼女が勝手に飛び下りたんだ」

「もういい。静かにしろ。どのみちおまえさんはスターの座から降りたんだ」

警部は机の上にばらまかれたスパンコールを憎々しげに指でつまんだ。

「違う！　誤解だ！　彼女は自殺したんだ！」

警部は聞いていなかった。彼はつまみ上げたスパンコールを静かに宏治の頭にまぶした。きらめく栄光の塵が、宏治の頭から顔、そして汗にまみれた顎を伝って、静かに床にこぼれ落ちていった。

君はブラックエンジェル
僕を惑わせ闇の彼方に飛んでいく

車影

「あれまあ、どしゃ降りになっちまったよ」

祖母は夕食の後片づけを終えると、台所の小窓から外を眺め、うんざりしたようにつぶやいた。雨が小窓の外にうっそうと茂っているヤツデの葉を勢いよく叩いていた。

二十五年前の夏。私は初潮を迎えたばかりの中学一年生で、だんだん丸みを帯びてくる自分の肉体を嫌悪しながら、連日、男の子たちと一緒になってプールに通いつめていた。

その夜、両親は留守だった。確か父は会社の残業、母は近所のおばさん連中と徳島の阿波踊り見物に行っており、翌日帰って来る予定だったと思う。

祖母は当時、祖師谷《そしがや》に長男一家と共に住んでいた。長男一家は裕福な暮らし向きで、嫁との仲もうまくいっていたはずだ。だが、祖母は何かと理由をつけては、娘である母のところに出入りし、こまごまとした雑事を引き受けるのが好きなようだった。息子の家にいて、上げ膳据え膳の呑気な暮らしをしていたら老けこんでしまうと思っていたのだろう。

それをいいことに、母はちゃっかりと祖母に私や妹の悦子の世話を頼み、年に一、二度は旅行を楽しんでいたというわけだ。

「雷が鳴らなきゃいいんだけど」私は少し心細くなりながら祖母に言った。「ねえ、おばあちゃん、今夜は泊まっていってよ」

「中学生にもなって、まだ雷が怖いのかい？」祖母は笑いながら紬の巾着袋から財布を取り出し、中身を覗きこんだ。

「こんな雨になっちゃったから、おばあちゃん、タクシーで帰るよ。お金も持ってきてるし」

妹の悦子があせもの出来た首すじをぼりぼりと掻きながら、祖母の財布を一緒になって覗きこんだ。「わあ、おばあちゃん、お金持ち」

「そうだよ」祖母は微笑んだ。「お金持ちだから、あんたたちにもお小遣い、あげようかね」

祖母は私に千円、悦子に五百円を渡し、満足そうに目を細めた。「おばあちゃんももう、長くはなさそうだからね。元気でいるうちに、あんたたちにお小遣いを渡しておかなくっちゃね」

「おばあちゃんの口癖」私は顔をしかめてみせた。「もう長くはない、長くはない、って、そればっかり言って。きっと十年後も同じこと言ってるんだわ」

「そうだったらいいねえ」祖母はいたずらっぽく目を細めた。「あの世からのお迎えなんか真平だよ。さてと。そろそろ行かないと」

「ほんとに帰っちゃうの？」悦子が気がなさそうに聞いた。彼女は八時からのテレビ映画を見るつもりでいたから、祖母が帰ろうが帰るまいが、構わなかったのだと思う。

「もうすぐお父さんが戻るし、おばあちゃんはお役目を終えたから、今夜はこれで帰るよ。多恵子、国道まで送ってくれるね」祖母はうっすらと私に向かって微笑み、廊下の壁にかけられた姿見で手早く着物の襟元《えりもと》を直した。

「悦子も来る？」私は妹に声をかけた。妹は、とんでもない、と言いたげに首を横に振った。「もう、始まっちゃうもの」

「何が始まるんだい？」

「〝サーフサイド6〟っていうテレビ映画」私は説明してやった。「トロイ・ドナヒューが出るの。悦子が大ファンなのよ」

「へえ、外国人を好きになるなんて、悦子もおませだねえ」

悦子は「そうよ」と目を輝かせた。

「ねえ、今度、トロイ・ドナヒューが出てる映画が来たら、おばあちゃん、一緒に行こうよ。お母さんは行っちゃいけないって言うんだけど。おばあちゃんが一緒だったら、お母さんも許してくれるから」

いいよ、と祖母は笑った。「一緒に行こうね」

私は母の古い折りたたみ式の傘を祖母に手渡すと、自分は買ったばかりの花模様のピンク色の傘を携えて玄関を出た。

ひどい雨だった。遠くで微かに雷鳴が轟いている。早く祖母を車に乗せてしまわないと、雷の中を走って帰らなくてはならなくなる……私は不安になりながら、水溜まりを避けようとして立ち止まる祖母の手をとってやった。

国道までは普通に歩いても、五分足らずだった。いつもなら、賑やかな商店街を抜けて五分足らずだった。いつもなら、商店街は夜になっても人通りが絶えないのだが、その日は突然の豪雨のせいか、店も早じまいしており、道行く人の姿もまばらだった。

「さあて、タクシーは来てくれるかねえ」

普段よりも心なしゆっくりと走っている車の列を眺めながら、私と祖母は足もとに泥をひっかけられないように注意して、国道の沿道に佇んだ。

空車はなかなか来なかった。突然の雨で、利用客が増えたのかもしれなかった。祖母は白いガーゼのハンカチを取り出し、自分の首すじの汗をひと拭いすると、私の鼻の頭の汗を拭いてくれた。

「来ないわよ、おばあちゃん。やっぱり、今夜は泊まっていったらいいんじゃないの？」

「気長に待ってれば来るよ。急ぐわけじゃなし」

「そんなに帰りたいの？」

「そういうわけじゃないけどさ」祖母は照れくさそうに笑った。「なんだか、今夜は帰らなくちゃいけない気がしてさ。ほら、そういう気持ちになることってあるだろ？　気持ちが急《せ》いて、落ち着かなくなる時って」

私は肩をすくめた。濡れそぼったサンダルの中でふやけていく足の裏が気持ち悪かった。それに沿道の埃《ほこり》にまみれた植え込みから、蚊の軍勢がやって来て足にまとわりついてくるのも気にいらない。

いくら祖母のことが好きだったといっても、豪雨の中、蚊に喰われながらいつまでも国道に向かって立っているのは馬鹿らしかった。私は時折、足をばたばたと動かしては、首を伸ばして空車を探し続けた。

十分ほどたった。雨はますます激しくなり、国道を行き交う車の数は少なくなった。車が一時、途絶えた後の、雨が車道を打ちつける音に混じって、雷鳴が轟《とどろ》いた。遠くの空が時折、斜めに光る。私は震え上がった。

「やっぱりだめかねえ」祖母が残念そうに言った。「泊まることにしようかねえ」

「もう、おばあちゃんたら。さっきからそう言ってるのに」私は祖母の着物の袖《そで》をつかんだ。「雷に打たれちゃうわよ、早く帰らないと」

その時である。遠くに車影が見えた。遥か向こうの信号を左折し、ウインカーを点滅させながらこちらに向かって走って来る。黒っぽい車で、そのうえ雨に煙っているせいか、よくは見えなかったが、屋根についている社名ライトが鮮やかに光っているのだけははっきりと見てとれた。確かにタクシーだった。しかも空車の。

私は歓声を上げた。「おばあちゃん、来たわよ。空車が来た」

勢いよく手を振り上げると、タクシーはすべるようにして私たちの目の前にゆっくりと停まった。軽くブレーキを踏む音がし、ドアが開いた。私はほっとして、祖母を後ろの座席に乗せると、「じゃあね」と言った。祖母も「おやすみ」と言った。「送ってくれてありがと。気をつけてお帰り」

何ということなしに運転席に目をやると、きちんと制帽をかぶった中年の男が、無表情な顔をして前を向いているのが見えた。真っ白な手袋をはめた手がふたつ、ハンドルの上にぼうっと浮き上がっている。

ドアが閉まり、水滴のついた窓ガラスの向こうで祖母がにっこりと笑いかけるのが見えた。車はゆっくりと、勿体をつけるかのように発進した。赤いテイルランプが強い雨足の中に消えていくのを私はちらりと眺め、一瞬……ほんの一瞬だが、変だな、と思った。何が変なのか、どうしてそう思ったのか、説明できない。祖母を乗せたタクシーの車体が黒っぽくて、タクシーらしからぬ感じがしたせいかもしれない。

ハイヤーだったのかしら、とふと思った。だが、ハイヤーが客を拾うことはあり得ない。あれはやっぱりタクシーなのだろう。

足首に猛烈な痒みを覚えて私は舌打ちした。足首は蚊に喰われてぷっくりと腫れ上がっていた。

帰ってから虫さされのクリームを塗らなくちゃ……そう思っているうちに、タクシーのことはすぐに忘れた。

家に戻ると、父が帰って来ていた。おみやげに私と悦子の好きだった文明堂のカステラを買って来てあり、私は冷やした麦茶をコップに入れて悦子と一緒にそれを食べた。悦子はしきりとトロイ・ドナヒューの話をし、父はビールを飲みながら新聞を読んでいた。誰も祖母の話はしなかった。

祖師谷の叔父から電話がかかってきたのは、十一時を少しまわったころだったと思う。ちょうど風呂から上がって、電話のそばで扇風機にあたりながら髪を乾かしていた私は、受話器を取った。

叔父は呆れたような、うんざりしたような声で「多恵子ちゃんかい？」と言った。「電話くらいしてくれればいいのにさ」

「何が？」と私は聞いた。叔父は「おばあちゃんだよ」と言い、鼻を鳴らしながらくすくすと笑った。「そっちに行くと、いつも遅くなるんだから」

「何の話？　おばあちゃんなら、八時ちょっと過ぎにタクシーに乗って帰ったわよ」

「こっちにはまだ帰ってないよ」

「そんな馬鹿な。とっくに着いてるはずじゃない。確かに車に乗るのを見たんだもの」

「何時ごろ？」

「だから八時過ぎよ。八時十五分か二十分ごろだったんじゃない？　私、見送りに行ったんだもの。おばあちゃんたら、帰るって言ってきかなかったから」

叔父は何かをひとしきりわめいた後、心当たりを当たってみる、と言って電話を切った。それから大騒ぎが始まった。悦子を残して私と父とが深夜、車を呼んで叔父の家に行き、祖母の行きそうな場所に片端から電話をかけてみたが、どこにも祖母はいなかった。

急に頭がボケてしまって、自分がいったいどこに行けばいいのかわからなくなり、タクシーの運転手に病院か最寄りの派出所に運ばれたのかもしれない……そう判断し、手当たり次第に病院や派出所にまで連絡を取ってもみた。だが、祖母らしき人間を見かけた人は誰もいなかった。

翌日の朝、私たちはそろって警察に出向いた。最後に祖母と一緒だった私は、いろいろなことを聞かれた。タクシーはどんな色をしていたか。会社名は？　ナンバーの一文字だけでも覚えてはいないか……。

私は出来る限りの記憶をたぐり寄せて答えた。黒っぽい車体であったこと。運転手が白い手袋をはめ、制帽を被っていたこと。ナンバーも会社名も全然、覚えていないこと。

その程度の情報では、ほとんど何の役にも立たなかった。捜索が行われたが、祖母はついに発見されず、当然のことながら、祖母から連絡が入ることもなかった。

「神隠しに遇ったのよ」

母はそれからずっとそう言い続けた。父は、老人特有の鬱病《うつびょう》が祖母に襲いかかり、突然、どこか別の土地で気儘《きまま》に暮らしたいと思うようになったに違いない、と言い張った。あの晩、祖母の財布にたくさんのお金が入っていたというのは、行動が計画的であったことを証拠づけている、と言うのだ。

数年の間、私たち家族は祖母を探し続けた。旅行に行くたびに祖母に似た人を見かけて思わず声をかけたりもした。だが、そうやって流れ去る月日の中で、過去が色褪《あ》せていくのと同様、祖母を探そうという意欲もまた、次第に色褪せていった。

長い月日が流れた。私は高校からあまり程度のよくない私立大学に進み、卒業してからは自由が丘のアパートに一人住まいして、好きなインテリアの会社に勤めた。

祖母の記憶が突然、甦ったのは、就職した翌年の冬のことである。

その日、陽子という名の大学時代からの親友が、「会いたい」と言って会社に電話をかけてきた。陽子は昔から切り紙細工みたいな女だった。明るくてお喋りで、誰にでも好かれるのだが、その可愛い切り紙細工を飾るガラスケースがなくなると、もう、ただの紙になってしまうのだ。風に吹かれ、果てしなく飛び去ってしまう。そんな脆《もろ》い印象があった。彼女の場合、常に「恋人」がガラスケースの役割を果たしていたのだが……。

私は六本木で陽子と待ち合わせた。ステーキハウスで食事をしている間中、陽子は普段通り、冗談をとばしていたが、食後、いつものカウンターバーに立ち寄ったあたりから、何だか雲行きが怪しくなってきた。

「ふっと、何もかもがいやになってね」彼女は言った。「生きていくのって、辛いわよ。辛すぎて私には向かない」

私は「何言ってるの」と苦笑した。「さては彼と喧嘩したな」

「そういうわけでもないんだけど」

その表情の思いがけない暗さに、私は陽子の彼氏に新しい恋人ができたのかな、とふと思ったが、黙っていた。確かなことは何もわからなかった。陽子はとりたてて具体的に何も言わず、私が水を向けても、寂しそうに笑うだけで答えなかった。

夕方からちらつき出した雪が、ぼたん雪に変わっていた。私たちは三杯ずつ水割りを飲んだ後、店を出た。

「ほら、元気を出して」私は陽子の細い肩を力いっぱい叩いた。「何があったか知らないけどさ、人生、これからよ」

「そうね」と陽子は華奢な唇を舐めながら微笑んだ。「その通りよね」

「タクシーで帰ろうか」私はそう誘った。地下鉄に乗ってもよかったのだが、しばらく車の振動に身をまかせて、ふたりとも気分を変えたほうがいいような気がしていた。

だが、雪の降りしきる六本木の表通りはタクシー待ちの人々が群れをなしていて、その中で一台の空車をつかまえるためには、冬山登山をする時のような忍耐が必要のようだった。私たちは仕方なく、テレビ局通りのほうまで歩いた。

そのあたりは、空車待ちの人は見当たらず、静かだった。私たちは舗道に立ち、寒さに震え上がりながら、空車のサインをつけたタクシーを待った。

忘れものに気づいたのは、雪で濡れたショルダーバッグを拭こうとして、ハンカチを取り出すためにバッグの中に手を突っ込んだ時である。

「いけない！」私はバッグの中を引っ掻き回しながら叫んだ。「店にライター、忘れてきちゃった」

「あらあら」

陽子が気の毒そうに顔をしかめた。宙を見つめたまま、バッグを手さぐりしていた私は、その時、陽子の後ろのほうから、ゆっくりと一台の空車が近づいてくるのを見つけた。屋根に雪を載せた黒っぽい車は、雪にタイヤをとられまいとしているのか、そろそろとこちらに近づいてくる。

「車、来たわ」私は陽子に教えた。教えながら、どうすべきか、と考えた。

ライターは同じ会社の男からのプレゼントだった。別段、恋人でもなく、なくしたからといって彼に報告する義務もなかったのだが、人からの貰い物をなくして知らんぷりというのは、あまり気持ちのいいことではない。それにその男のことを憎からず思っている自分にも気づいていたからなおさらである。

「多恵子、どうするの？　ライター、取りに戻る？」

陽子は、気がなさそうにそう聞いた後、軽く手を上げてタクシーを停めた。屋根のライトに『よみ交通』と書いてある。

「そうね、私、取ってくる。あれ、気に入ってたし、安い品物じゃないからね」

ドアが開けられた。陽子はもう、傘を閉じてシートに向かいかけている。

「私はこれで帰るわ。いい？　なんだか疲れちゃった」

「もちろん。私は地下鉄で帰るから」そう言いながら、私はふとフロントガラスを見た。運転手の顔は見えなかったが、ハンドルの上に軽く載せられた真っ白の手袋をした二本の手が見えた。

さながら高速度フィルムを見るように、私の頭の中にジグソーパズルの断片が飛び交い、それはまたたく間に収まるべきところに収まったような気がした。

私は少し頭がくらくらした。

「じゃあね」シートに坐りこんだ陽子が笑顔をみせながら手を振った。「寄り道しないで帰るのよ」

「はいはい」と私は答え、すぐその後で念を押した。「ねえ、陽子。帰ったら電話ちょうだい」

何故、そんなふうに念を押したのか、わからない。陽子は「電話？　どうして？」と聞いた。私は答えようがなくなって「だって……」と口ごもった。

陽子はクスッと笑った。「オーケー。電話するわよ」

ドアがばたんと閉まり、車はゆっくりとすべり出した。

私はぶるっと身震いし、そのすぐ後で「馬鹿みたい」と自分をあざ笑った。何て馬鹿げたことを考えるんだろう。おばあちゃんを乗せた車が、同じ運転手のまま、こんなところに現れるはずがないじゃないの。もう、十一年も前のことだっていうのに。

私はバーまで歩いて行って、忘れたライターを取り戻し、地下鉄を使ってアパートに帰った。

陽子のアパートに電話をしたが、彼女は出なかった。別段、おかしいとは思わなかった。恋人と仲直りし、彼の部屋で甘い一夜を過ごしているに違いない、と考えたのだ。

陽子が行方不明になっていることを知ったのは、三日後、彼女の勤め先に電話してからである。私は十一年前と同様、警察に行って陽子が乗ったタクシーについて証言した。

『よみ交通』という社名を教えると、警察はすぐに調べてくれた。だが、そんな社名はどこにも登録されていなかった。

「よみうり交通という会社ならあるんだが……よみうり交通の間違いだったんじゃないですか」

何度もそう言われると、自信がなくなった。私は「そうだったかもしれません」と答えた。警察は〝よみうり交通〟を調べた。〝よみうり交通〟は当日、会社あげてのストライキ中だった。結局のところ、社名に関しては、まったく私の記憶違いであるらしいことがわかった。

自殺の可能性も考えられたものの、陽子の部屋には自殺を決意した人にありがちな、死を匂わすメモも手紙も残されておらず、失踪後にどこかに遺書が届いた形跡もなかった。

ただ陽子がいなくなってから一カ月ほどたった或る日のこと。私はいくつかの化粧品のダイレクトメールや水道代の請求書に混じって、一通の絵葉書が届いているのを知った。

絵葉書……仮りにあれをそう呼べるのなら、どれほど安心しただろうか。

絵葉書は墨で真っ黒に塗りつぶされていた。私の住所氏名は正確だったが、差し出し人の名は記されていなかった。が、筆跡は明らかに陽子のものだった。

私は消印が汚れて読み取れなくなっているその絵葉書を持って、警察に飛び込んだ。筆跡鑑定の結果、陽子が書いたものだということはわかったが、どんな意図があって黒く塗りつぶした絵葉書を送りつけたのかは最後まで不明だった。

陽子の家族はそろって、陽子がどこかでまだ生きている、と思い、安堵したようだったが、私にはとてもそうは思えなかった。

私は原因不明の熱を出し、しばらくの間、寝込んだ。

それから十五年がまたたく間に過ぎた。十五年……もしそれを川にたとえたとしたら、ちょろちょろとした小川が曲がりくねり、岩に当たり、水しぶきを上げ、またゆったり水をたたえて海に流れこむ……そんな感じだったような気がする。

いろいろなことがあった。妹が父の猛反対を押し切って黒人のギタリストと結婚し、結婚式の四カ月後に、溺れたチワワのような双子の未熟児を出産した。双子は、結局、未熟児ケースから巣立つことができたが、父はケースから出てきた双子に会おうとはしなかった。父が双子に向かって初めて目を細めたのは、双子のうちのひとりが父の膝に這い上がって、父の眼鏡のツルをいじりまわし、犬のようにその耳たぶに涎《よだれ》をなすりつけた時だった。

父は「おうおう」と声を上げた。「そんなことしたら、いけまちぇんよ」

私は、例のライターを贈ってくれた男と結婚した。平凡な結婚で、結婚生活はホームメイドケーキのようなものだった。甘すぎず、柔らかすぎず、刺激こそないが、いつでも安心して食べられるたぐいの……。

子供はひとり。女の子で、私自身のコピーのような顔をしており、私が幼いころ、おとなしかったのと同じように、夜泣きをしない、育てやすい子だった。

人生の途上で、ふっとかき消えるようにしてこの世から永遠に姿を消す人がいるかと思えば、パズルでも解くようにして、堅実に人生の罠《わな》から逃れていく人もいる。

罠は計り知れないほどあり、油断のならないものとわかっていながら、私は自分だけはその罠を避けることができる、とどこかで思いこんでいた。

だが、母が死んでから、そうした根拠のない楽観主義もあやふやなものになってきた。

或る夜、母は、妹家族と私たち一家を自宅に呼びつけ、大騒ぎしながら大量の天ぷらを揚げて御馳走してくれた。天ぷらは香ばしく揚げてあり、実においしかった。

だが、母はキスの天ぷらをひとつ、天つゆにつけて口に運びかけながら、眉をひそめて箸を置いた。

「どうしたの」私は聞いた。「変な匂いがするの?」

「なんだか食べたくなくて」と母は答えた。

「揚物をすると、食欲が落ちるんだよ」

翌日、母は貧血を起こして台所で倒れているのを父に発見され、病院に運ばれた。検査の結果は、胃癌だった。癌はすでに相当、進行しており、母は衰弱の一途をたどりながら、二カ月後に死亡した。

その母の死は、私にとってひどくショックであった。おそらくは、自分の亭主が死ぬことよりもショックだったと思う。愛情の問題ではない。全身にエネルギーがあふれ、いかに想像力を駆使しても、その人の死をイメージ出来ない人間というのがたまにいるものだが、それが母だった。三十九度の熱を出していても、申し込んだグルメツアーをキャンセルしなかったほどの元気な人が、キスの天ぷら一枚すら食べられなくなって死んでいく、というのは、どう考えても理不尽だった。

さらに理不尽だったのは、「癌は遺伝する」と私に吹きこんできた知人たちのいらぬお世話だった。根拠のないことだ、と笑って聞き流しながら、私は次第におびえるようになった。そして、そのおびえは三十八になった年の冬、突然、頂点に達したのである。

しばしば胃の不調が続いていたのだが、或る晩、私は夕食に食べたものをすべて吐きもどしてしまった。食べ物にあたった様子もなく、他にはこれといった症状はなかった。ただ、胃の具合の悪さは、それ以降、何週間にもわたって私を苦しめた。

私は母がキスの天ぷらを食べられずに青い顔をしていた日のことを思い出し、いたたまれないほど不安になった。

人の紹介で都内の大きなクリニックセンターに出向いたのは言うまでもない。私はバリウム検査を受けた。そして、三日後……。

「あーあ」

内科の待合室で、私の隣に坐っていた男が大欠伸《あくび》をした。やせ型の四十歳くらいの男だった。手入れのいい口髭《くちひげ》が、整った卵形の顔によく似合っている。男は欠伸をした後、そばを通りかかった中年の看護婦に声をかけた。

「今日は寒いねえ」

「ほんとにねえ」看護婦は愛想よく答えた。以前から顔見知りらしい。ふたりはいくつか私の知らない医者の名前をあげ、くすくす笑い合った。

少なくともこの男は胃癌患者じゃないな、と私はひそかに羨望を覚えながら目をそらした。どうせ、軽い胃炎程度でここに通っているのだろう。さもなくば胃潰瘍の手術を受けた後、術後の経過をみせるために通っているだけなのかもしれない。

男はどっしりと落ち着いており、看護婦との無駄話を終えると、背広のポケットから文庫本を取り出して読み始めた。表紙には『落日の明日』と印刷されている。最近、ベストセラーになったサラリーマン向けの企業小説だ。

小説どころか、雑誌のグラビアも見たくない心境だった。私は癌を宣告された後のことばかり考えていた。子供のこと、夫のこと、家の中でやり残したこと。冷静になろうとするのだが、胸がちりちりと痛む。死を覚悟した人間はこうなるものなのか、と私は暗い気持ちで思った。

名前が呼ばれ、私は震える膝をだましだまし、なんとか真っ直ぐ歩いて診察室に入った。医師がにこにこと私を迎えた。頭が禿げあがった、内科とは永遠に縁のないほど健康そうな医師は、学校の教師のように、レントゲン写真を鉛筆でなぞってみせた。

「きれいなもんです。潰瘍も爛《ただ》れも、なあんにもない」

「は？」

「健康な胃袋ですよ。ま、具合が悪くなったのは、お母さんが亡くなった時のことを思い出したせいでしょう。気になさらないことですな。あなたの病名、教えましょうか」医師はくるりと私に向き直り、真面目な顔をした。「癌ノイローゼ。多いんですな、最近、これが」

医師は笑った。あまり呆気なくて、ばかばかしくて、お笑い草で、そして同時に私は世界一の幸せ者だ、と思った。

私はしばらくの間、医師とお天気の話でもしていたい気分にかられたが、そうもいかなかった。医師は手早くカルテを書くと、「じゃあ、次の人」と看護婦に目くばせし、私に向かっては「ノイローゼになったらまたいらっしゃい」と言って笑った。

診察室を出た私を見かけた人は、私が内科の患者ではなく、精神の病を患っていると思ったかもしれない。私はひとり、くすくすと笑い、額に手を当て、深呼吸し、近くを行き交う子供に意味不明のことを語りかけながら、また笑った。

玄関の近くの公衆電話で夫の会社に電話した。夫は「そらみろ」と言いながらも、一抹の不安があったとみえて、ほっとしたような声を出した。私は今夜は豪勢な食事を作る、と約束し、電話を切った。

病院の玄関を出ると、さっきまでちらちら降っていた雪がぼたん雪に変わっていた。寒くもなんともなかった。私は勢いよく傘をさし、歩き始めた。

その車が、いつ、どうしてそこに停まったのかわからない。ひとり幸福感に浸りながら歩いていた私は、ふと目の前に黒っぽいタクシーが停まっているのを見つけた。

排気口からもくもくと煙を出して停まっていたタクシーは、降りしきる雪の中で見ると、いかにも暖かそうな心地よさそうな印象を与えた。しめた、と私は思った。空車だったら、これに乗ってしまおう。渋谷にでも出て、たくさん買物をしてから帰るのだ。

頭の中は夕食のメニューでいっぱいだった。デザートに張り切ってアップルパイでも焼こうか、たっぷり蜂蜜を使って……そう思いながら、車の中を覗くと、自動ドアがゆるりと開いた。

車内は心地よいぬくもりに満ちていた。フルーツのような、とてもいい匂いがする。私は傘をたたんで脇に置くと「渋谷に行ってください」と言った。言いながら、自然に笑みがこぼれた。運転手は黙って車を発進させた。

最初の信号待ちをしていた時である。「申し訳ありませんでした」という声が運転席のほうから聞こえた。

何のことかわからなかった。私は彼の独言だったのか、と思って黙っていた。運転手は白い手袋をきちんとはめた手をハンドルに置いたまま、私を振り返った。

「渋滞が激しかったものですから。すっかり遅れてしまいまして……」

「は？」私は体を乗り出した。「何のことですか」

「今日は特にお客様が多かったのです。フル回転でして……およそ三十分は遅れてしまったことになります」運転手の顔は、なめらかな大理石のように透明感があり、声にはあまり抑揚がなかった。

私は首を傾げた。意味がわからなかった。

信号が青に変わった。運転手はギアを入れ、車を発進させた。にもかかわらず、エンジンの音が聞こえない。静寂が私を包み、自分の呼吸する音が耳に響いた。

私は緊張感を覚えた。知っていたはずのこと、知ってはいたが、どうしても思い出したくなかったことが突然、甦ったような感じがした。

車内を見回した。タクシーなら、当然あるべきはずの料金メーターが見当たらない。車の内装はコンクリートのように堅苦しい陰気な色で統一されており、助手席のところに掲げられているポスターを除けば、車内広告は何ひとつ見えなかった。私は救いを求めるような気持ちで、そのポスターに目を走らせた。ポスターには次のように書かれてあった。

『ようこそ。よみ交通へ。私どもは貴方様を無事にお運びすることを使命としております。没後のことでご相談がありましたら、何なりと当車の運転手へ……』

没後?

私は必死の思いで叫び出したくなるのをこらえた。

よみ交通。かつて陽子が乗ったタクシーの屋根に『よみ交通』と書かれてあったことを思い出した。どこにも登録されていなかったタクシー会社……よみ交通。

よみ……黄泉……これは、街行く人を黄泉の国へと導く葬送の車なのではないか。

もう長くはない、と口癖のように言っていた祖母。生きていくのが辛いのだ、ともらしていた陽子。生命体として幾分、その活発さを失いかけた人間は、何か自分でもわからない周波を発散させるのかもしれない。それをキャッチして、時空を超えたところから、何者かが、そっと葬送のタクシーを彼らのそばに送り届けるのかもしれない。

自分の膝を固く握りしめながら、私は震え出した。そうだ。確かに私はついさっきまで、死を考えていた。癌だと思いこんでいたからだ。その切ない諦めの気持ちが、この『よみ交通』にキャッチされてしまったに違いない。

さっき運転手は「三十分、遅れた」と言った。三十分前ならば、確かに私はまだ、絶望のどん底にいて……。

私はからからに乾いた唇を湿らせながら、心の中で叫んだ。三十分前の私ではないのよ！　もう、私は死を考えてなどいないのよ！　しかし、この三十分の誤差をどうやって、運転手に説明すればいいのか。この運転手は、果たして現世の言語を理解するものなのだろうか。

私は前かがみになり、運転手に後ろからにじり寄る姿勢をとった。「あのう……」

男は黙っていた。私は祈る気持ちで続けた。「私……忘れものをしてきちゃって……病院に」

「忘れもの？」運転手のふたつの空洞のような目がバックミラー越しに私をにらみつけた。「それはいったい何でしょう」

何でしょう、ですって？　何だっていいじゃないの！

私は目をつぶり、こみあげる恐怖と戦いながら考えた。ライター？　財布？　何と答えようと構わないのに、私の頭の中は空っぽだった。

窓外を流れる現世の風景の中に、アドレスを記憶させることができるという電卓の看板が見えた。私は反射的に「アドレス」と口走った。「アドレス帳」

心臓が破裂せんばかりだった。私は負けまいとして歯を喰いしばった。

「それはお困りですね」運転手は金属的な声で言った。「アドレス帳がないと、後で皆さんに黒の葉書をお送り出来ませんからね」

黒の葉書？

背筋にみみず腫れのような寒気が走った。歯がかちかちと鳴る。

「かしこまりました」運転手は言った。「特別です。Uターンしてさしあげましょう」

私は吐き戻しそうになり、目をつぶった。何も考えられなかった。車は振動もなく、すべるように走った。地面を走っているとは思えないほどに。

あっという間に病院の玄関口に着いた。男は静かに後ろを向き、魚のように表情を失った目をしながら言った。「ここでお待ちしています」

ドアが開かれた。ぼたん雪が車内に吹きつけてきた。私は転げ出るようにして車から降り、半ば雪で凍りかけたポーチを走り抜けた。足がもつれ、転び、いやというほどお尻を打ちつけたが、痛さは感じなかった。

病院の玄関の回転ドアを押し、消毒剤の匂いが充満する院内に駆け込んだ。はあはあと息を切らせている私を、通りすがりの人たちが奇妙な目で見た。

ひとりの男がこちらに向かって歩いて来た。さっき、待合室で看護婦と喋っていた口髭の男だ。何かに怒っているような顔をしている。足取りも不自然に威勢がよかった。看護婦が後を追って来た。男は黙って私のそばを通り過ぎ、回転ドアを押して外へ出て行った。やっと追いついた看護婦が「気をつけるんですよ」と男の背中に声をかけた。男は一瞬、看護婦のほうを振り向き、こわばった笑みを見せながら、軽く手を上げた。それから彼は、まるでそうすることが当たり前のように、雪の中にじっと佇んだ。

タクシーが……さっき、私を乗せてきた『よみ交通』のタクシーが、ねっとりとまつわりつくようにタイヤを軋ませて男の前に停まった。

ドアが開いた。私は口に手を当てた。

「だめ！　乗っちゃだめ！」

看護婦が怪訝な顔で私を見た。「あなたが乗るタクシーだったんですか？」

私は答えずに、茫然としたまま男を見守った。男は、ほとんど吸い込まれるようにして車内に姿を消した。

まもなく車は動き出した。病院の門に至るスロープを降り、雪の降りしきる中にぼうっとかすんで見えなくなる車を私は目で追い続けた。或る予感が私をひどく悲しい、切ない気持ちにさせた。涙がこみ上げ、塩辛い味の嗚咽が喉に渦巻いた。

「あの方のお知り合い？」

看護婦が気の毒そうに私を見た。私は涙をためながら首を横に振った。看護婦は一瞬、怪訝そうな顔をしたが、やがて、安心したように話し始めた。

「あの患者さんは見事な精神力のある方ですよ。以前から先生方と約束を交わしていたんです。癌だったら、正直に言ってくれ、って。でも……」彼女は溜息をつき、私を見上げた。「たった今、癌だとわかって、約束通り事実を告げた患者さんをこうして見送るのは、いやなものです」

回転ドアの外で、ぼたん雪がいっとき風に乗り、舞い上がった。そしてその雪が、表に駐車中の通院患者の車をやわらかく包みこむのを、私は泣きながら眺めていた。

真夏の夜の夢つむぎ

夜は始まったばかりだった。昼間の暑さがまだ街のあちこちに巣喰っており、暮れなずむ都会を歩く人々の顔は、どれも汗にまみれて焼けているように見えた。

義彦は車をいつもの駐車場に停めると、エンジンを切り、「このボロ車め！」と悪態をついた。「クーラーがちっとも効かなくなっちまった」

「修理に出したほうがいいんじゃないの？」妻の由香里が後部座席から、さっき買って来たばかりのスーパーマーケットの袋を引っ張り出しながら言った。引っ張り出した途端、袋が破けて中の豆腐がふたつ、床に落ちた。

「いやあだ。冷ややっこにする豆腐が崩れちゃった」

「適当に切って出せばわかんないよ。どうせ、大した客が来るでなし」

車を降り、駐車場から歩いて百メートルほどのところにある小さな細長いビルの階段を上る。四階建てのそのビルは雑居ビルで、一階は不動産屋、二階はレンタルビデオ屋、三階と四階はスナックになっていた。由香里と義彦がほそぼそと経営するカウンターバー『フルール』は四階にある。エレベーターがついていないため、四階の彼らの店までわざわざ上がって来る客は数えるほどしかいなかった。

あと一年……義彦と一緒に、狭苦しい陰気な階段を息を切らせて上りながら、由香里は暗い気持ちで考えた。

もともと『フルール』は彼らの店ではなかった。義彦の大学時代の友人が趣味的に開いていたカウンターバーで、その友人が三年の予定で渡米したのをきっかけに、留守中、義彦夫婦が管理する形で借りていただけなのである。その期限があと一年で切れようとしていた。

経営状態が良くなっていたら、友人から店の権利を買い取り、自分たちの店にしてしまうつもりで始めたのだったが、経営状態は思わしくないどころか、まったく不振だった。友人が店を仕切っていたころに来ていた客たちは皆、離れてしまったし、ひと晩に客がたったひと組、という日も珍しくなかった。

あたしたち、いったいどうなるんだろう……由香里は店のドアの鍵を開け、中の蒸し暑さに顔をしかめながら、急いで冷房のスイッチを入れた。あと一年で友人は帰って来る。そうしたら、この店も手放さなければならない。

その後のことは考えるのもいやだった。見かけはまだ若いとはいえ、義彦も自分も三十五になろうとしている。今さらどこかに就職するような年でもないし、その才能もなさそうだった。ふたりともずぼらを絵に描いたような夫婦だった。出来れば楽をしたい、とそればかり考えている。

なんとかなるでしょ、と由香里は頭をぶるぶると振って気を取り直した。考えていたって始まらないもの。

カウンターを拭き、ぴかぴかに光らせたグラスを並べた。店のセンスは悪くない。来る客だって、そのことにかけては皆、褒めてくれる。由香里はBGMのスイッチを入れた。義彦の好きなハワイアンふうのフュージョンが店内を満たした。

厨房にいる義彦に、崩れた豆腐で炒り豆腐のお通しを作ろうよ、と話しかけている時、電話が鳴った。常連の客の中には、店に来る前に電話を寄越し、何か腹の足しになるものを作っておいてくれ、と頼んでくる人もいる。どうせ、そんな連中のひとりが電話をかけてきたのだろう、と由香里は気軽に受話器を取った。

「由香里ちゃんかい？」

押し殺したような声だった。

「どなた？」由香里は聞いた。

「俺だよ、俺。政吉だよ」

「なんだ。政やんか。どうしたの？　そんな変な声を出して。びっくりするじゃないの」

政やんというのは、店の常連で七十五になろうとしている老人の政吉のことである。独り暮らしの貧しい年金生活者で、五反田の小ざっぱりとした都営住宅に住んでいた。昔は高校の教師をしていたと聞く。十年前に亡くした妻との間には子供もなく、呑気に庭に野菜を作ったり、本を読んだり、仲間と将棋を指したりする毎日を送っていた。年老いても向学心だけは衰えず、よく新聞や本を読み、情報や知識を吸収するのがことの他、好きな男だった。息子や娘を持ったことがないので、義彦と由香里を我が子のように思っているらしい。義彦はともかく、由香里はそんな政吉が時として哀れに思え、気が向くと、政吉の家に寄っては話し相手になってやることもあった。

「由香里ちゃん、俺、大変なことになったよ」政吉は震える声で言った。

「何？　どうかしたの？」

「俺、俺……当たっちまったんだ」

「え？」

「宝くじだよ。ジャンボ宝くじ。当たっちまったんだよ」

「えーっ？　ほんと？」

義彦が厨房から出て来た。由香里は小声で政吉が宝くじに当たったらしい、と伝えた。

「いくら入ると思う。俺、七千万も当たっちまったんだよ。七千万」

「七千万？　じゃあ……」受話器を握る手がじっとりと汗ばんだ。由香里は自分が当たったような気分になり、頭が朦朧《もうろう》としてきた。

「じゃあ、特賞が当たったのね？　ああ、ああ、すごいじゃないの、政やん」

「ついさっき、新聞で見たんだ。俺、今日、全然、新聞を見る気がしなくてな。朝刊を読んでなかったんだ。さっき、夕刊と一緒にまとめて読んでいて、気づいたんだけど……信じられないよ。どうしたらいいのかわかんないよ。俺、さっきから家ん中を走り回ってるんだ」

「ああ、政やん。おめでとう。おめでとう。大金持ちねえ。すごいわ。すごいじゃないの」

興奮しやすいたちの由香里は、涙ぐんでいる自分を感じ、恥ずかしくなって義彦から目をそらした。妻に先だたれ、独りぼっちの貧しい暮らしをしている老人に、大金が転がりこむのは、どう考えてもめでたいことだった。そこらの気取った連中に宝くじが当たったりしたら、理不尽にも腹を立てていただろうけど……と由香里は手早く涙の痕跡を指先で拭き取りながら思った。

「それでな、由香里ちゃん」政吉はうわずった声で言った。「このこと誰にもまだ、言わんでほしいんだ。しばらくは黙ってないと、世間がうるさいからな。俺も教えるのはあんた方だけにしておく」

「そうよ。そのほうが利口よ」由香里は親身になって言った。「こっちは大丈夫。誰にも言いません」

「ありがとよ。今夜、うちに来ないかね。俺、そっちに行ったら誰かに喋ってしまいそうで怖いよ。あんた方に来てもらってひっそり祝ってもらいたいんだ」

「いいわよ、いいわよ、政やん。おやすい御用よ。店が終わり次第、すぐに行くから」

「最上等の御馳走を用意して待ってるから。なるべく早く来ておくれよ。ひとりでいるとどうかなっちまいそうなんだ」

「わかるわかる。客がいなかったら、早く店を閉めちゃうわ。待っててよ」

受話器を置くと、義彦が目をぎらぎらさせながら、ほーっと溜息をついた。「七千万だって?」

「そうよ。あたしたち、大金持ちとお友達なのよ」

「やったね、あのじいさん。おい、その金の一部で、政やん、俺たちのスポンサーをやってくれないかな。新しく店を買うんだ」

「馬鹿ね。老人のお金を使ったりしたらバチが当たるわよ」

「そうかな」

「そうよ。昔っからあたし、おばあちゃんにそう言われてたんだから。老人のお金をただで使うと、地獄に落ちるんだって。あたし、それを信じてきたのよ」

ふたりはしばらくの間、「もし七千万あったら」と夢をつむぎながら客を待った。義彦は店を開く、と主張し、由香里は、五百万でとびきり贅沢《ぜいたく》な海外旅行、二千五百万で郊外に小さなマンションを買い、残る四千万を貯金、あとはふたりで気楽に働いていくのがいい、と主張した。

「細かく計算したもんだ」と義彦は笑った。いいじゃない、と由香里は瞳を輝かせながらカウンターに肘をついた。「どうせ夢なんだから」

その夜は、いつもにまして客が少なかった。九時をまわったころ、車のセールスをしている中年の男が、同僚をふたり連れて現れたが、一時間たつかたたないかのうちに、にやけた薄笑いを残して、さっさと帰ってしまった。男三人で悪だくみの相談がまとまったらしかった。

その三人連れが帰った後は、誰も来なかった。由香里は欠伸《あくび》をしながら、義彦に言った。

「ねえ、今夜はもう閉めちゃおうか。どうせ誰も来ないだろうし、政やん、首を長くして待ってるわよ、きっと」

「閉めよう。永遠に閉めたって、俺は構わないぜ」

「あんたって、ほんとに働く気がないのね」由香里は苦笑した。「もっとも、あたしも同じだけど」

「楽観主義なんだよ、俺は。あくせくしたって始まらないさ」

ふたりはそそくさと厨房の整理をし、火の元の点検をして、さっさと店の冷房を切った。暗い陰気な階段を降り、むしむしする深夜の大通りに出たのは、午後十一時だった。

五反田の都営住宅街に入り、細い路地の途中にある政吉の小さな家の前で車を停めると、玄関が開き、政吉が飛び出して来た。すでに相当、飲んでいるらしく、汗にまみれた禿げ頭は真っ赤だった。

「よく来てくれた。さあ、入った、入った。うまい刺身が冷蔵庫に入ってるんだ」

店では「ダンディじいさん」の渾名《あだな》で知られている政吉は、その夜も若者が着るような真っ赤なポロシャツに白の短パンをはき、しなびた毛のない足を二本、剝き出しにさせていた。

「ここに停めてもいいのかな」義彦が聞いた。「ここはいつも駐車禁止になってるんでしょう」

「いいって、いいって。近所の連中が何を言おうが、今夜は俺さまの天下だ」

「強気だね」

「当たり前だよ。俺は大金持ちなんだ」

三人は笑いながら家の中に入った。玄関を入ってすぐ右手にある茶の間には、粗末な丸テーブルの上に所狭しと食べ物が置いてあった。さきイカ、貝柱の缶詰、ポテトチップス、板かまぼこ、それにバナナや巨峰などの果物まで、きちんと籠に盛ってある。

「さあ、冷たいビールで乾杯といくか。え？　おふたりさんよ。俺は嬉しいよ。あんたたちは、ほんとに信頼できる家族みたいなもんだ」

政吉は茶の間に続くキッチンの小さな冷蔵庫からビールを持って来て、由香里と義彦のグラスになみなみと注いだ。

「待ってよ、政やん。乾杯の前にその当たりくじとやらを拝ませてくれないの？」

「見たいかい？」

「もちろんじゃないの。七千万円の小切手みたいなもんでしょ。あたしたち、そんなもの、これまで見たこともないわ」

「よしよし」

政吉は二十歳も若返ったような足取りで、隣の六畳間に飛んで行くと、仏壇から茶色の封筒を持って来て、うやうやしく由香里に手渡した。

「こいつが当たりくじ。そしてこいつが今日の新聞の切り抜きだ」

どれどれ、と義彦が新聞の切り抜きのてっぺんに載っていた番号を読み上げ、宝くじの番号と照らし合わせた。

すごい、と義彦と由香里は同時に叫び声を上げた。「ぴったり同じだ」

「当たり前だよ。何度も何度も調べたさ。間違えるわけがない」

「ああ、これが七千万の当たりくじなのねえ」由香里は宝くじにキスをした。「すごいわ、政やん。おめでとう。あたし、なんだか自分のことみたいに嬉しい」

「ありがとよ、由香里ちゃん。俺も嬉しくて嬉しくて……。これで女房が生きててくれたらねえ。ふたりでうんと贅沢《ぜいたく》をして楽しむのに……」しんみりとした政吉の背中を由香里はポンといたずらっぽく叩いた。

「過ぎたことは考えないで、政やんが楽しめばいいわ。こんなにあると、何に使ったらいいのか迷っちゃうわね。ねえ、とりあえず、ここの都営住宅を出て、素敵なマンションでも買ったら？」

「そうさな。そうするかな。だが、隣近所の目があるからな。当分は黙ってないと……」

「このことを知ってるのはあたしたちだけなの？」

「もちろんさ。ほとぼりが冷めるまで、黙ってたほうが利口ってもんだ」

三人は、グラスを重ね合わせて乾杯をした。小さな庭の、政吉が植え育てたきゅうりの蔓《つる》の向こう側で、しきりと虫が鳴いている。扇風機ががなりたてながら、右へ左へ首を振っていたが、顔に当たる風は生ぬるかった。

「そうそう。刺身があるんだよ。喰っておくれ。俺からのほんの感謝の気持ちだ」

「感謝だなんて」由香里は笑った。「あたしたち、政やんに何もしてあげてないわよ」

「あんたがたと友達になったことに感謝してるのさ。どれ、取ってこよう。うまいトロとタコの刺身なんだよ。近所の魚屋でさっき、調理してもらったばかりだから、新鮮だ」

政吉は立ち上がったが、いきなり、胸をおさえてよろけた。

「大丈夫？」声をかけた由香里に、政吉は振り返って「なあに。大したことないさ」と笑った。「よくあるんだ」

よくあるんだ……そう言った直後、政吉の身体が大きく揺れた。「く、苦しい！」

彼は痩せた胸を両手で掻きむしりながら、キッチンへ転げ出し、冷蔵庫の隣の細長い本棚の枠に片手を伸ばした。本棚が反動で揺れ、てっぺんに載っていた何か重いものがドサリと音をたてて床に落ちた。

「政やん！」由香里と義彦は駆け寄った。政吉は白目を剝き、口から血が混じった泡のようなものを吹き出したまま、動かなくなった。

「あんた、すぐに電話してよ！」由香里はわめいた。「何かの発作がおきたのよ。早く病院に運ばないと……」

「死んでる」

義彦が政吉の胸に耳をあてがいながら、震える声で言った。

「え？」

「もう、心臓が止まってる」

由香里は義彦にならって、政吉の胸に耳を当てた。何も聞こえなかった。試みに半開きになった口に指を当ててみたが、呼吸をしている様子はなかった。

由香里は「ひっ」と声にならない叫び声を上げて、義彦にしがみついた。「死んじゃった。政やん、死んじゃった」

「どうしよう。どうすりゃいいんだ！」

「と、ともかく救急車を呼ばなくちゃ。ああ、違うわ。死んだんだから救急車はいらないわね。ねえ、どこに電話すればいいのよ」

由香里は義彦の腕を強く揺すり、その後で玄関先に置いてある電話機に飛びつき、がたがた震える手で受話器を握りしめた。

一一〇をダイヤルしたはずが、番号を間違えたらしく、天気予報を伝える間延びした女の声がテープから流れてきた。由香里は舌打ちし、受話器を下ろして、またダイヤルに指をかけた。

「待てよ」義彦が低い声で言った。低い、というよりもぞっとするような、重々しい声だった。由香里は指をかけたダイヤルを止め、そっと彼のほうを振り返った。

「どうしたの?」

「いいから受話器を置けよ」

「だって……」

「いいから、置け。そしてこっちに来るんだ」

由香里は言われた通りにした。政吉は同じ姿勢で床に転がっている。そばには小さな鉄アレイが落ちていた。政吉が本棚を揺らしたせいで、本棚のてっぺんから落ちてきたものらしい。

「いいか。よく聞けよ」義彦は由香里の肩を乱暴に抱きながら、茶の間に入った。テーブルの上で、七千万円の当たりくじが、扇風機の風で飛ばないように、箸置きの重しを載せたまま、ひらひらと波打っている。

「あの当たりくじのこと、政やんは誰にも言ってないって言った。そして俺たちも、このことは誰にも言っていない」

「あんた、まさか……」由香里は目を剝いて義彦を見上げた。義彦は真っ赤な顔をしながら、深くうなずいた。

「政やんには悪いが、死んでしまった者には金は用はないはずだよ。俺たちはまだ生きている。金はあったほうがいい。政やんもこれを俺たちに譲ってくれるに違いないさ」

由香里は黙った。反対意見を述べようとするのだが、どうしても言葉が出てこない。七千万！　本当に、今七千万円あったなら、どんなにか人生が素晴らしいものになることだろう。素敵なマンションに住み、清潔なテーブルクロスをかけたダイニングテーブルを囲んで、義彦とふたり、朝のコーヒーを飲むんだわ。ふたりおそろいのバスローブを着て、四つもドアのある大型冷蔵庫には、食べ物がひしめき合い、あたしたちは、翌日、出発する世界一周旅行のために、スーツケースを新品の衣類でいっぱいにする……。三十五になるまで、一度も海外へ行ったことのないあたしのささやかな夢は、魔法のようにすぐにかなえられるんだ……。

「聞いてんのか、由香里！」義彦が彼女の肩を強く揺すぶった。由香里は目を上げ、うなずいた。「聞いてるわよ」

義彦はテーブルの上に載っていた当たりくじと新聞の切り抜きを取り上げ、政吉のほうに向かって一礼をすると、それを丁寧にたたんで自分のポロシャツの胸ポケットに入れた。

「これでいいんだ。これでいい。政やんだって、俺たちに譲るのが本望だろうよ。他の奴らに取られるよりは何倍もましだろう」

「でも、なんだか怖いわ」

「馬鹿だな。誰もこのことは知らないんだ。政やんを殺して奪ったわけじゃなし。俺たち、悪いことをしたわけじゃないだろうが」

「そうよね。これを律儀にも警察に届けるお人好しもいないわよね」由香里は自分に言い聞かせるようにして言った。本当にそうだ。こうした場合、あたしたちみたいな悪だくみをする人間のほうが多いに決まってる。死んだらおしまいだもの。生きてる間だけなんだわ、お金が必要なのは。

「でも、政やんのことはどうするの」

「これから電話しよう。俺たちは警察が来るまではここにいなくてはならないよ。死んだ時の様子を説明しなければならない」

「そうね。あたし、電話するわ」

由香里は震える足取りで政吉の死体の脇を通り抜けると、再び、玄関の電話機のところに行った。受話器を取りはずそうと手を伸ばした途端、電話が鳴り出した。由香里はびくっ、として義彦を振り返った。

「どうする?」

義彦はしばらくの間、黙っていた。由香里は地団太を踏んだ。「ねえ、どうすりゃいいのよ」

「出るんだ」義彦は野太い声で命じた。「出ないと怪しまれる」

「でも、政やんは死んでるのよ。誰だか知らないけど、その人に死んだことを言うの?」

「いや、言うな。こうしよう。政やんは飲んで酔っ払って寝てしまった、って言うんだ」

「でも、でも……」

電話のベルは執拗に鳴り続けている。由香里は泣き出したい気持ちにかられた。

「あんた、出てよ」由香里はべそをかいた。「あたし、そんなことと っても……」

「いいから、おまえが出ろ。俺たちはこれから帰るところだ、って言えばいい」

「警察、呼ばないの?」

「俺に考えがある。さあ、早く。そんなに長くベルを鳴らしといたら、かえっておかしいじゃないか」

由香里は慌てて受話器を取り上げた。緊張しすぎていたため、声が出ない。

「もしもし、政吉さん？」電話の主は若い女だった。「なかなかお出にならないんで、心配しました。おやすみ中だったんですか」

「いえ、そのう……」由香里は必死の思いで笑顔を作った。「あたしたち、遊びに来ている友人でして……」

「あら、ごめんなさい」若い女は言った。「てっきり政吉さんだとばかり……」

「政やん……いえ政吉さんは寝ています。ちょっと飲みすぎたみたいで、さっきからグウグウと高いびきで……。あたしたちは、そろそろおいとましよう、と思ってたところで……」

喋りすぎるな、という意味の合図を義彦が送ってきた。由香里はうなずいた。

「では、また明日、お電話差し上げることにします。夜分、恐れ入りました」

プツリと音がして電話は切れた。由香里は茫然としながら、ゆっくり受話器を置いた。

「誰だったんだ」義彦が聞いた。由香里は首を横に振った。「知らないわ。名乗らなかったもの。若い女の声よ。政やんのガールフレンドだったのかしら」

「そんな話は聞いてなかったけどな」

「それよりも、警察、呼ばないの？　どうするつもりなの？」

「いい考えが浮かんだんだ」義彦は由香里を茶の間に呼び、ぬるくなったビールを飲んでから畳の上にあぐらをかいた。

「こうしよう。政やんは俺たちとここで飲んで騒いで、眠ってしまった。俺たちは政やんのために蒲団《ふとん》を敷いてやり、寝かせ、ちゃんと電気を消してからここを出た。要するに、政やんが死んだのは俺たちが帰った後だった、ってことにするんだ。政やんが本当に死んだ時刻と、さっきの女からの電話がかかってきた時刻にはほとんど差はない。解剖したって疑われるわけがない。俺たちは宝くじに当たって、政やんの家で祝賀会をやってた、ってことにする」

「すごいこと考えるのね」由香里はキッチンで目を剝いている政吉をちらりと眺めながら言った。「でも本当に大丈夫かしら。そんな下手な工作をして、かえって疑われたりしないかしら」

「工作をするのなら、念には念を入れたほうがいいよ。じゃあ、こうしよう。政やんはポラロイドカメラを持ってたな。あれを使って三人で写真を撮る」

「三人で？」由香里は背中に寒気を感じながら言った。「だって政やんは死んでるのよ」

「少しは頭を使えよ。政やんと俺たちは本当に仲がよく、俺たちに七千万円が当たったお祝いを政やんが開いてくれたことになるんだぜ。それを証拠だてる写真があれば、なおさら疑われないいじゃないか」

「死体と……写真を撮るっていうの？」

「そうだ。顔は見せなくていい。酔ってへべれけになった政やんを抱きかかえているように見せるんだ。そして撮った写真をテーブルの上にメモと一緒に残しておく。『政やん、祝ってくれてありがとう』とか何とか書いたメモを。政やんが、眠った後、俺たちは帰ってしまう。その後、政やんは突然、死んでしまう。この筋書きなら、誰も疑わないさ。さっきの電話の女だって……」

「あんたって人は恐ろしい人ね」由香里は溜息をついた。それは正直な気持ちだったが、ぐうたらな夫というイメージからかけ離れた義彦を目の当《ま》たりにするのは、悪い気持ちはしなかった。惚れた弱みで、地獄の底までついて行くつもりではあったが、やはり、こうしたてきぱきとした一面を見せられると、女として惚れ直したくなってしまう。

「いいわ。やるわ。あたし、七千万のためなら何だってやる」

「よし、そうこなくちゃ」

　義彦は狭苦しい茶の間の物入れを引っ掻き回し、かつて政吉が自慢していたポラロイドカメラを取り出すと、次に政吉の死体を引きずって茶の間に入れた。政吉は、誰が見ても死体だとわかる、つやを失った白い紙のような顔をしていた。

「硬直は始まってないでしょうね」由香里は汚い雑巾にでも触れるように、指で政吉の腕をつついてみた。まだ柔らかく、ぬくもりさえ感じられた。義彦はそっと、政吉の開きっ放しのまぶたを閉じてやった。

「おまえがやってくれ。政やんを抱きかかえて、ポーズをとるんだ」

「あたしが？　冗談でしょ。あんたがやってよ」

「男どうし、抱き合って写真を撮るのは不自然だ。女のおまえがやったほうが似合うし、サマになる。それに、おまえがやれば、政やんが甘えてしなだれかかっているみたいに見えるじゃないか」

由香里は意を決して横たわる政吉に手を伸ばしたが、すぐに気持ちが悪くなって引っ込めた。政吉の身体は何か不自然にぶよぶよとし、奥のほうが固く、溶けかけた冷凍肉のような感じがした。

「早く！　抱きかかえるんだ」

「ああ、あたし、やっぱり出来ない」

「生きてると思うんだ。おまえ、よく店で政やんの肩を抱いてやったりして、サービスしてただろう。あんな感じでやるんだ。死んでると思うから気持ち悪いのさ。七千万だぜ。金が入った後のことを考えるんだよ。ほら、楽しくなってくるだろう？」

由香里は泣き出したいのをこらえて、おそるおそる政吉を抱きおこし、カメラのレンズから政吉の顔が隠れるように、政吉の顔の前に自分の顔を突き出した。気のせいか、ふっと死臭のような匂いが鼻腔をつき、胸がむかついた。彼女は目をつぶり、息を止めた。

「馬鹿。もっと景気のいい顔をしろよ。それじゃ、お通夜だ。ビールのグラスでも持って、おまえも酔ってしなだれかかってる恰好をしろ」

グラスを持ち上げてみたが、がたがたと震えて中のビールがこぼれた。彼女はそれを一気に飲んだ。

「いいぞ。その調子だ。笑って！　笑顔を作って！」

由香里は笑おうと努力したが、まるで出来なかった。片手で抱きかかえている政吉の身体がとてつもなく重い。支えている腕が震えているものだから、死体も一緒になって揺れ続ける。

「だめよ。とても笑えないわ」

「笑ってくれ。頼む、由香里。ちょっとでいいんだ」

「こんなこと……生まれて初めてよ。あたし、赤んぼうだって抱けるし、おばあちゃんが生きてたころは、よくおんぶしてあげたもんだわ。でも、死体を抱いたことなんか一度だってないのよ」

「そりゃそうだ。さあ、笑って。由香里。赤んぼうやおばあちゃんを抱いたと思って、よく見ると死体でした……おかしいだろ。さあ、笑って」

ふふっ、と彼女は笑った。笑えたのかどうかわからなかったが、ともかく唇は横に拡がってくれたようだった。

ポラロイドカメラのシャッターが緩慢に下り、同時にフラッシュが光った。由香里は目をつぶり、政吉の死体を畳の上に転がした。

「さあ、どんな出来上がりかな。おまえ、なかなか役者ができてたぞ」

出来上がった写真は、誰が見ても不自然な感じがしない程度に楽しげで、見ようによっては政吉が本当に由香里にしなだれかかっているようにも見えた。

「上出来さ。見ろよ。おまえの顔がかぶさっている分だけ、政やんが本当におまえの肩に顔を載せてるみたいに見える」

「そうね」由香里は言った。「それが死体だってわからなければ、誰だってそう思うでしょうね」

義彦はカメラを無造作に畳の上に置くと、隣の六畳間に入り、さっさと蒲団を敷き始めた。蒲団は意外に清潔で、昼の間、干していたのか、乾いた太陽の匂いがした。

「さあ、この上に運ぼう。政やんの死に場所はこっちなんだからな」

ふたりはそれぞれ、頭と足の部分を持って死体を蒲団の上に運んだ。そろりそろりと頭を枕の上に載せ、腹のあたりにタオルケットを巻きつけてやる。多少、苦しんだ跡がないとおかしいので、頭を枕からはずし、手を蒲団のへりに当てがった。

目をつぶっているので、いかにも政吉がそこで眠っているように見える。全身にびっしょりと汗をかいているふたりとは対照的に、政吉の肌を流れ始めているのは汗ではなく、死臭の始まりのようなすえた臭いだった。

「さあ、行こう。ぐずぐずしていて、いいことは何もないよ」義彦は茶の間でうろうろして、メモを残すのに適当な紙を探した。紙はどこにも見当たらず、彼は仕方なく、本棚いっぱいに詰まったスクラップブックから、一枚、書き込みのない白いレポート用紙を取り出した。

『政やん、祝ってくれてありがとう。政やんが眠ってしまったので、僕たちは帰ります。後片づけしないでごめんね。金が入ったら、政やんを旅行に招待するよ。義彦・由香里』

これでいいだろう、と義彦はメモをポラロイド写真と一緒にテーブルの上に載せた。由香里は扇風機を消し、茶の間の電気を消し、キッチンの本棚の前に落ちていた鉄アレイを元の位置に戻した。

「行きましょ。もう、ここにはいたくないわ」

隣の家で窓を開ける音がした。由香里ははっとして、玄関先で立ち止まった。

「誰か来る！」

「暑いから窓を開けただけだろ」

ふたりはしばらくの間、じっとしていたが、隣家はすぐに静かになった。

汗が額から、こめかみから、まるで水道の蛇口でもひねったようにほとばしってくる。

由香里はそっと玄関を開け、足音をしのばせて車に乗った。義彦がエンジンをかける音が、異様に大きくあたりに響き渡った。

国道に出ると、由香里は身体中にしみついたような死臭を消そうと、窓を全開にした。いくらか気温が下がったらしく、車内に吹き込んでくる風は冷たくて気持ちがいい。

「ぬかりはないぜ、由香里」下手なしゃれを言って義彦が、大笑いした。

「ああ、本当にまだ信じられないわ」由香里は溜息をつき、汗でべとべとになった髪の毛を風になびかせた。「ねえ、でも本当にぬかりはない？　あんな、おかしな写真を撮ったこと、変だと思われないかしら」

「あの写真を見て、政やんがすでに死んでると思う人はひとりもいないだろうよ。それに、解剖すりゃあ、一発で政やんの死因に怪しい点がないことがわかるさ。俺たちがびくびくする必要は何もない」

「そうよね。ほんとにそうよね。当たりくじのこと、誰も知らないんだものね」

「俺の胸ポケットには七千万が詰まってる」義彦は嬉しそうに片手でポロシャツの胸ポケットをポンポンと叩いた。「信じられるか？　え？　俺たち、明日から七千万の銀行預金を持つことになるんだぜ」

「夢みたいだわ。ねえ、海外旅行に行きましょうね。あたし、タヒチとかボラボラ島とかモルジブとか、南の島がいい。うんと贅沢をするの。もちろんホテルは超デラックスのスイートルームよ。そこに最低、二週間は滞在したいわね。浜辺で本を読んで、うとうとして……そんな旅行があたしの長年の夢だったのよ」

「それもいいけど、まず店を買おうぜ。六本木あたりの小さな店。ちゃんとエレベーターのあるビルでさ。窓もあって、東京タワーが見えればなおいい。小金を持った大人たち向けの店にするのさ」

「マンションも欲しい。郊外なら、まだ三千万以内で手頃な物件があるのよ。２ＬＤＫの南向き。ベランダが広くて、時々、日光浴もできるような……。そしてアビシニアンの猫を飼うの。あんたは犬が好きだけど、あたしはやっぱり猫がいい」

「あるいはいっそのこと、株を買って二倍に増やす、って手もある。そうしたら一億四、五千万だ！　２ＬＤＫマンションと言わず、都心に億ションが買えるぜ。ヤッホー！」

義彦は必要もないのに、クラクションを鳴らした。車は山手通りを走っていた。もう少ししたら駒沢通りにぶつかる。そのちょっと手前の中学校のグラウンドの脇の道を入り、しばらく行くとふたりの住んでいる2DKのみすぼらしいアパートがある。

深夜を回ったせいか、山手通りには車の数が少なかった。義彦は調子に乗ってスピードをぐんぐん上げた。

信号灯が遠くに見えた。青から黄色に変わったばかりだ。左側は神社で、長い石垣が連なっており、右側は解体工事を待っている無人のビルだった。義彦はさらにスピードを上げた。危ないわよ、そう言おうとして由香里は息をのんだ。

前方にぐんぐん近づいてくる横断歩道を、ひとりの男がゆらゆら揺れながら渡ろうとしている。酔っているらしく、男の足もとはおぼつかない。

「あぶない!」義彦が叫び、急ブレーキをかけたのと、男の身体が車のボディに当たって鈍くはね返ったのは、ほとんど同時だった。

車は急ブレーキをかけたため、ハンドルをとられ、ジグザグに蛇行してからやっと止まった。由香里はわなわな震えながら、窓から首を出し、後ろを見た。

白っぽいズボンに白いシャツを着た男が、横断歩道わきの溝に頭を突っ込むようにして倒れている。時折、足が痙攣《けいれん》したようにぴくぴく動いた。まだ生きているらしい。

「どうする?」由香里は義彦を見た。義彦は真っ青な顔をしながら、呻くように言った。

「救急車を呼ばなくちゃ」

よほど怖かったのか、義彦の奥歯はがちがちと音をたてていた。由香里は素早くあたりを見回した。運のいいことに……本当に運がよくなければ、いくら深夜とはいえ、都会の大通りのど真中で人をはねたのを誰にも見られずにすむなどということはあり得ない……あたりには通りがかりの車の影も見当たらず、歩行者も誰ひとりとしていなかった。

「行って!」由香里は義彦の腕をつついた。「今のうちよ! 誰にも見られてないわ」

「轢《ひ》き逃げする気か?」

「あんた、馬鹿ね」由香里は心底、馬鹿にするように義彦を睨みつけた。「七千万円が入った翌日からあんた、その七千万を人の怪我の治療費や何やかやでドブに捨てるつもりなの?」

「しかし……逃げたりしたら警察に追われる」

「誰にも見られてないのよ。チャンスよ。ほら、早く! 車を出して!」

義彦は何かに取りつかれたようにして、エンジンをかけ、車を発進させた。由香里はほっとして後ろを振り返った。

「大丈夫よ。車が一台来たけど、あの男が倒れている場所が暗いから全然、見えないと思うわ」

「ほんとに誰も見てなかったか」

「ほんとよ。あの石垣の向こうは神社で人がいないし、あのへんは店もないわ。通行人だってゼロだったし」

「ああ、えらいことしちまったな。あのおっさん、死んでなければいいが」

「考えちゃだめよ」由香里はぴしりと言った。「あたしたちの知らない、顔も見たことのない男がひとり、死んだからって、どうして気に病む必要があるの？　忘れるのよ」

「おまえ、相当、強気なんだな」

「当たり前でしょ」由香里はしみじみと義彦を見つめながら言った。「やっと幸福を手にしたのよ。夢ばかり見てたあたしたちが、やっと夢をかなえたのよ」

義彦はうなずいた。ふたりはそれからずっと、口をきかなかった。義彦はアパートの近くにある専用駐車場に車を停め、念入りに車体を調べた。ボンネットの右側に大きくへこんだ跡があった。ふたりは急いで、車にカバーをかけ、そしらぬふりをして部屋へ帰った。

義彦はしばらくの間、ふさぎこんでいたが、七千万円の当たりくじを見ると元気を取り戻した。ふたりは当たりくじを神棚に供え、政吉とそして見知らぬ男のために手を合わせた。

翌日の日曜日、ふたりが起きたのは昼近くになってからだった。

義彦は轢き逃げをしたことをまだ気にしているらしく、時折、考え込むようなしぐさをしたが、由香里は気にもとめなかった。「だいたいね」と彼女は彼に言ってきかせた。「もし、何か疑わしいことがあるんだったら、夜のうちに警察がうちに来てたはずでしょう?」

由香里には、轢き逃げがバレるはずがない、という自信があった。世間の轢き逃げ犯たちが、呆気なく捕まってしまうのは、乗っていた車を修理に出したり、これみよがしにタイヤを交換したりするからだ。

今後もボンネットのへこみなど気にせずに、あの車に乗っていればいいんだ……と彼女は考えた。そのうち、ほとぼりが冷めたら、もっといい車を買い、あれを誰かに売りつけてしまおう。

アパートの玄関のチャイムが鳴ったのは、夕方になってからのことである。ふたりは顔を見合わせた。出てみると、警察手帳をかざした中年の警部がひとり、地味な灰色のフレアースカートをはいた若い女を伴って立っていた。

「政吉さんのことについて二、三お伺いしたいんですが」警部がにこやかに言った。「昨夜、こちらのご夫婦は政吉さんを訪ねていらしたそうですね」

「はあ」答えながら、由香里は内心、ほっとした。てっきり警察が轢き逃げの件で訪ねて来たとばかり思ったからである。彼女は「政吉さんが何か？」と、おどおどしながら聞いた。

「亡くなったのです」警部が気の毒そうに言った。「死亡推定時刻は午前零時から一時の間。死因は頭部打撲によるショック死」

「え？」由香里は思わず問い返した。頭部打撲？　そんな馬鹿な。

「凶器は鉄アレイのようでした。本棚の上に置いてありましたんですがね」

「まさか」由香里はつぶやきながら、振り返った。後ろに義彦が立っていた。ご主人ですか、と警部が酒屋の御用聞きみたいに馴れ馴れしく聞いた。はあ、と義彦は真っ青な顔をしてうなずいた。

「昨夜は何のお祝いごとがあったんですか」

「あのう……実は……僕たち夫婦が買った宝くじが当たったものですから。政やんがそれを祝ってくれたんです」

「ほう。それはよかったですね。で、お帰りになったのは何時ごろでした」

義彦はしどろもどろになりながら、昨夜のにせの筋書きを話して聞かせた。警部はふむふむ、と真剣な顔をして聞きながら、メモも取らずに抜目なくアパートの中を見回した。

「そうでしたか」警部は言った。「政吉さんの言動には何か不審な点はなかったですか」

「どういう意味でしょう」由香里は聞いた。刑事はうっすらと笑い、後ろに隠れるようにして立っていた地味なスカートをはいた若い女をふたり紹介した。女はパーマっけのない太くて黒い髪を首の後ろでひっつめており、口紅を奇妙に赤々と塗っているほかは、まるで飾りけのない顔をしていた。

「ご挨拶が遅れまして申し訳ありません」女は丁寧にお辞儀をした。「わたくし、昨夜、政吉さんのお宅にお電話いたしました者で、ケースワーカーをしております」

「ケースワーカー?」由香里は聞き返した。女は、命令を素直に聞くむく犬のように、こっくりとうなずいた。

「独り暮らしのお年寄りの深夜電話サービスや困った時のお手伝い、悩みごとを聞いてさしあげたりするのが主な仕事で、わたくしは政吉さんの担当でした」

それとこれといったい何の関係があるのだろう。由香里と義彦は不安げに顔を見合わせた。

「つまりですね」警部が説明した。「政吉さんは最近、認知症の症状がひどくなっていた、ってこのケースワーカーの方がおっしゃるもんでね。こちらのご夫婦にもその点、伺っておきたいんですよ。被害者が認知症だったとなると、怨恨というよりも金という線が濃厚になってきますからね」

「政吉さんは、一見、認知症なのかよくわからない方でした」女は慎ましく身体を縮めながら言った。「私も初めは気がつかなかったんですが、つい一カ月前、訪ねて行くと、競馬の大穴……っていうんですか？　大穴を当てた、って喜びいさんで私に競馬新聞を見せるんです。競馬のことはよくわからないから、私も『よかったですね』と言っておいたんですが、よく見ると、この新聞が去年のものだったんですね。去年の新聞を自分でスクラップしておいて、それを見ては当たった、ってひとりで喜んでたんです。それ以来……」

新聞スクラップと聞いて、由香里はぞっとした。もしや、と思うと眩暈がして、立っていられなかった。警部と若い女をそのままに、彼女は居間に駆け込んだ。神棚に供えておいた当たりくじと新聞の切り抜きを調べてみる。くじは確かに今年発行されたものだったが、新聞の切り抜きのほうは……。

「あんた……これを見て……」彼女は泣き出した。義彦が寄って来て、切り抜きの裏を覗き込み、茫然と口を開けたまま石のように動かなくなった。

切り抜きの裏には、死んだ俳優のTの家族が初七日の墓参りをしている写真がキャプションに入りで小さく載っていた。

俳優のTが死んだのは一昨年の夏である。

外が騒がしくなった。由香里が窓の外を見ると、アパートの近くの駐車場で、警官が数人、義彦の車のカバーを剝ぎ取っていた。

「もうだめね、あたしたち」由香里は泣き出した。「轢き逃げまでバレたらしいわ」

警部が玄関先で「もしもし」とふたりを呼んだ。「いろいろ他にもお聞きしたいことがあるんですがね」

政やんを恨むまい、と由香里は誓った。いくらなんでも、政吉を恨むなんて勝手すぎる。彼女は曇る目を懸命になってこぶしでこすりながら、のろのろと玄関先へ戻った。

「轢き逃げしたのはあたしたちです」由香里は言った。「政やんの家から帰る途中でした。でも、でも……」涙が頰を流れ落ちた。「あたしたち、決して政やんを殺してません。誓います」

その時、遠くから若い巡査がひとり、息を切らせながら走って来た。

「警部、車のナンバーは証言通りでした」

目撃者がいたらしかった。由香里は身を震わせて義彦にすがりついた。

巡査は何を張り切っているのか、けたたましい声で由香里と義彦に喋り始めた。

「お友達が亡くなったという時に、こんな話は煩わしいでしょうけど、なにしろ、あそこの都営住宅の住人はうるさいんですよ。お宅たち、しょっちゅう、政吉さんの家の前に車を停めてたでしょう。違法駐車だから取り締まってくれ、って何度も警察に電話がかかってきましてね。私はそっちの方面の担当だから、そろそろ見逃すわけにはいかなくなったんですよ。確かにあそこは駐車禁止区域なんですよね。そこで、今、ナンバーを照合させていただいたわけなんですが……」

巡査はそこまで一息に喋ると、ふと口をつぐみ、隣に立っていた警部の顔をちらりと見た。

「どうかしたんですか、警部」

蜩《ひぐらし》が鳴き始めた。由香里は自分が世界一の大馬鹿者だと思った。

警部が重々しく言った。

「署に来ていただきましょう」

見えない情事

プロローグ

焼香の列は長く果てることなく続いた。遠くから見ると、巨大な黒いリボンがくねっているように見える。獰猛《どうもう》な真夏の太陽が眩しい。聞こえるのは読経の声と、あたりの木々を覆いつくすようにして鳴く蟬の声だけだ。

列の先頭にいた夫婦が、重々しい足取りで一歩、前に進み出た。大勢の遺族がうつむいたまま、ふかぶかとお辞儀をした。むせ返るような線香の匂いが鼻をつく。

遺族席の真中にいた若い未亡人が、彼らの姿を見つけて表情を変えた。目の縁が赤く、長いほつれ毛がこめかみのあたりに垂れている。夫婦が礼をすると、未亡人も目を伏せ、白いハンカチを両手で握りしめた。

読経の声が蜂の唸り声のように続く。豪華な祭壇の中で幾本もの蠟燭《ろうそく》に囲まれながら、遺影が微笑んでいる。

焼香台に立っていた夫婦は、遺影に向かって手を合わせた。ふたりと未亡人との距離は近かった。夫のほうが未亡人に向かって小さくうなずいてみせた。未亡人がそれに応えたかどうかはわからない。彼女は、視線を宙に漂わせ、次に軽い溜息をついて目を伏せた。

妻はその一部始終を見逃すまいとするかのように、大きく目を見開いた。妻は夫を見、未亡人を見、さらに遺影を見て、冷やかな、恐れおののくような表情をした。黒いレースのワンピースの肩が小刻みに震えた。

蟬が一層、激しく鳴き出した。読経の声もひときわ高まった。妻は心の中で繰り返した。

アナタ方ガ殺シタクセニ。

1

レーリユ・デユ・タンの香りがしたように思った。

折原夕起子は夫が忘れていったパーカーのノック式ボールペンに鼻を近づけ、もう一度、匂いを嗅いだ。確かに微かな匂いがする。しかしそれが何の匂いなのかは、はっきりしない。レーリユ・デユ・タンの匂いとも言えるし、そうでないとも言える。

長い間、くんくんと鼻を働かせているうちに、嗅覚が麻痺したのか、今度は何も匂わなくなった。彼女は諦めてボールペンを元の籐製の小物入れに戻した。

どうしてこんな恐ろしい妄想に取りつかれるようになってしまったのか、夕起子は時時、真剣に思い返すことがある。

純平との結婚生活は、刺激的ではないにしろ、少なくとも世間並に安定していた。結婚してから五年。実直なサラリーマンを絵に描いたような純平の生活ぶりに、女の問題が起こるなど考えてみたこともない。

朝八時に家を出て、きっかり夜の七時になると玄関のチャイムを鳴らすような夫は、社会的に無能で覇気がない、と愚痴を言うこともできたろう。だが、夕起子は決してそうは考えなかった。野心だけがふくれあがり、つまらない自意識を満足させるためだけに生きるような男など、初めから願い下げだった。多少、稼ぎが少なくても、世渡りが下手くそでも、毎晩、自分と一緒に夕食を食べてくれる男のほうがいい。冷蔵庫の中に何が入っているのか知っている男、窓辺の鉢植えのつぼみが大きくなったことにすぐ気づいてくれるような男、そんな男のほうがいい、といつも思っていた。

愛とか信頼とかいった言葉は気恥ずかしくて、三十をとうに越した夕起子はさすがに口に出すことはなかったが、それでも純平と過ごす日々の折々に、そうした言葉が喉のあたりで渦巻くのを覚えて、胸が熱くなることさえあった。

出会ったのは六年前。夕起子がアルバイトをしていた虎ノ門の老舗《しにせ》のサンドイッチハウスに、毎日昼食を食べに来ていたのが純平だった。

彼が大手コピー機メーカーでコンピューター技師をしているのがわかったのは、ずっと後になってからである。彼はたいていひとりで目立たず、そのうえ、食べる時以外は口を開いたことがないかのように無口だった。

彼が何故、自分に興味をもち、デートに誘うようになったのか、夕起子はいまだによくわからない。北海道の田舎町に母と姉を残し、奨学金を受けながらやっとの思いで東京の大学を卒業した夕起子と、都内にいくつものビルを持つ父親に恵まれ、何ひとつ不自由なく育った純平との間には共通点などないように見えたのだ。

だが、ともかく純平は彼女を誘い、映画を見て食事をする、という平凡なデートを重ねた。夜のディスコで腰を振りながらキスをし合ったことも、歩きながら互いのアイスクリームを舐め合ったこともないまま、純平は夕起子にプロポーズし、そしてふたりは結婚した。

新居は目黒の2LDKのマンション。純平が結婚前から住んでいたところで、古いが小ぎれいな部屋だった。

結婚生活は静かな日だまりのようなものだった。夕起子はあらかじめ計画していた通りに家庭に入り、一日中、家の中の仕事に精を出した。念入りにカーペットに掃除機をかけ、鏡を拭き、ベッドシーツを替え、五日に一度はレース編みのテーブルクロスを洗い、十日に一度は二日がかりでシチューを煮る。暇があるとジャムやガラスープ、ベシャメルソースなどの保存用食品を作り、滅多に余計な金を使うことのないその質素な生活ぶりは、中世の農婦のように堅実だった。

午後二時ごろになると一息ついて、自家製クッキーをつまみながらお茶を淹《い》れ、好きな外国小説を読むのだが、すぐに夕方になる。買物に出て帰ってくるともう六時。夕食の支度をしているうちに、玄関のチャイムが鳴る。夜はそれぞれ本を読んで過ごし、さして語り合うことのないまま静かに過ぎていき、また朝が来て昨日と何ら変わりのない一日が始まる、という具合だった。

純平も夕起子も、生活のサイクルを変えることをことごとく嫌った。そのためかどうかわからないが、ふたりとも友人と呼べる人間はいなかった。そのことを特別に寂しいと思ったことはなかったし、またふたりきりの閉鎖的な生活についてどう思っているのか互いに確認し合ったこともない。

人とのつきあいを煩わしいと思う二人は、その一点で奇妙に深く結びついていた。

だから、一年前の夏に、伊豆で知り合った島崎夫妻と親しくなったということは、ふたりにとってはまさに青天の霹靂《へきれき》だったのである。

一年前の夏、まとめて一週間の休暇をとった純平は珍しく、どこかへ旅行に行こうか、と夕起子を誘った。旅行などハネムーンでハワイに行って以来一度も行っていない。さんざん金を使って疲れて帰って来ることを考えて、夕起子は気乗りがしなかった。純平も無理強いはせず、そのまま何日かが過ぎた。

だが、或る日、純平が持って来たホテルのパンフレットをのぞき見て、突然、気が変わった。

パンフレットの写真には、海に面した緑の庭にあるふたつの大きなプライベートプールや、天井で黒い扇風機が回る広いロビー、ベランダ付きの落ち着いた客室などが写っていた。もとは貴族の屋敷だったとかで、ホテルというよりは、大きな別荘か何かのようである。

「な、いいだろ」と、純平が自慢げに言った。「これなら静かでゆっくりできるよ」

「素敵。でも高いんじゃないかしら」

「いいさ。たまには」

翌日、彼は四泊五日の予約を入れた。部屋はすぐに取れた。

夕起子はそのホテルのプールサイドで、甘い蜜を探している蝶のように、手をひらひらさせながらオイルを塗っていたミチルの姿を今でも鮮明に思い出すことができる。

当日、ホテルに到着したのが午後一時ごろだったので、夕起子は純平と共に水着に着替え、プールに行った。すぐに白い制服をいかめしく着込んだボーイがやって来て、飲物の注文をとった。夕起子は隣のパラソルの下で互いにオイルを塗り合っている男女をちらりと見た。彼らのテーブルの上には、細長いグラスに入った赤い飲物があった。

夕起子はそちらを見ながらボーイに小声で尋ねた。

「あの赤い飲物は何ですか」

ボーイはちらりと夕起子の視線の走る方向を見てから、「クランベリージュースでございます」と胸を張って答えた。世界のどこを探しても、クランベリージュースが飲めるのはここだけだ、とでも言いたげに見えた。夕起子は微笑みながら同じものを注文した。

彼女とボーイのやりとりに気づいたのか、その男女は軽く会釈を返してきた。女のほうは若く見えたが、男はひと目で四十代だとわかった。渦を巻くほど濃い魅力的な胸毛が何の役にもたたないほど、身体全体にぜい肉がついている。

ボーイがジュースを運んで来た。ストローに指を当て、口に運ぼうとした時、隣の女がにこやかにグラスを持ち上げた。乾杯、と言っているらしかった。

夕起子も純平も、つられて反射的にグラスを軽く上げた。隣の男女は嬉しそうに微笑み、なにごとか囁き合っては子供のようにくすくす笑った。

その後、彼らはプールに入って泳いだ。ふたりとも泳ぎはうまかった。ことに女は魚のようにすいすいと二十五メートルを二度、三度と往復した。そして優雅に水から上がるとアフガンハウンド犬が美しい長い毛をぶるっと震わせるようにして、長い髪の毛を揺すった。黄色いうね編みのニットのビキニを着ている。少し斜視で、唇の厚い女だった。

ひと足先に部屋に戻るらしく、ふたりは大きなタオルで身体を拭き始めた。

女は、ひと目で高価な品物とわかるマリンブルーのフード付きブルゾンをはおると、夕起子に向かって会釈した。夕起子は驚いて会釈を返した。女はちらりと男のほうを向き、何事か囁くとこちらに向かって歩いて来た。モデルのような颯爽《さっそう》とした歩き方だった。

「こんにちは」

女が言った。

「今夜からここにお泊まりですか？」

はあ、と夕起子は間の抜けた返事をした。女は微笑み、リスのようにくるくる回る目で夕起子と純平の顔を交互に見比べた。

「私たちもなんです。どれくらいお泊まりなんでしょう」

「四泊五日です」

まあ、おんなじ、と言って女は子供のように両手を合わせて飛び上がるしぐさをした。腕にはめた金のブレスレットが乾いた音をたてた。

「これからもよろしく」

こちらこそ、と夕起子は言ったものの、半分、煩わしいと思わないでもなかった。純平も同じことを思ったのか、とりたてて答えようとはせず、遠くを眺めるふりをし、女からそっと視線をはずした。

「ではまた明日。ここでお会いしましょうね。楽しみにしてます」

女が言った。屈託のなさそうな大きな瞳が光っている。夕起子がうなずくと、女はくるりと後ろを向いて夫のほうへ歩いて行った。

「明日、一緒に泳ぎましょ、ってわけか。小学生の臨海学校じゃあるまいし」純平が言った。「君に任せるよ。俺は御免だ」

夕起子はゆっくりと首を振った。

「困ったわ。あんなに無邪気に言われると」

純平はそれには答えずに、持っていた文庫本に目を落とした。

翌日、プールサイドに行くと、その男女はすでに来ており、パラソルの下で西瓜を食べていた。

「ご一緒にいかが?」

女が言った。前日とは違う黒のワンピース型水着を着ており、足首に小さなダイヤのはまったアンクレットをつけていた。

夕起子が「いえ、結構です」と答えると、男のほうが、にこやかに笑いながら、勝手に夕起子たちのパラソルの中に入り込んで来た。純平は露骨にいやな顔をしたが、相手は意に介している様子はなかった。

女も後についてやって来て、見たこともない外国製の煙草を夕起子に勧めた。吸わないんです、と夕起子は断った。女は、微笑し、次に純平に勧めた。

「スペインの煙草なんです。珍しいでしょう? さ、どうぞ」

あとひとつ何かセリフを吐いたら、押しつけがましくなるところを女は、絶妙なタイミングで口をつぐんだ。純平は警戒心丸出しの動物のような目でパッケージを見ていたが、やがて照れくさそうに煙草を一本つまんだ。女がカルティエのライターで火をつけた。

いかが、と聞く代わりに、女は晴れやかに微笑んで純平を見た。

「うまいですね」純平が唇を歪めて、不器用に笑った。

頼みもしないのにふたりが始めた自己紹介によると、島崎昭介、ミチルというのが彼らの名前で、昭介は東京にある老舗の文具店『島崎屋』のひとり息子、現副社長の座にあり、ミチルは彼の後妻で二十七歳、子供なし、ということであるらしかった。

その日、彼らは一日中、人なつこい子犬のように夕起子たちにまとわりつき、夜は夕食をホテルのディナールームで一緒にとらされる羽目に陥った。軽井沢に別荘を持ち、年に二度は夫婦で海外旅行、鎌倉の四百坪の土地に住み、使用人がふたり……といったような話を島崎夫妻は喋っていたが、それが厭味ではないことだけが夕起子にとっての救いだった。

「ずっと昔からお知り合いだったみたいな気がするわ」

部屋に戻る途中、エレベーターを待ちながらミチルが夕起子に言った。レーリュ・デュ・タンの香りが鼻をついた。

夕起子が曖昧《あいまい》に微笑んでいると、ミチルはじっと彼女の顔をのぞきこんだ。人の顔から目を離さない、というのが彼女の癖であるらしかった。煩わしい、苛々させられる視線だった。ミチルは視線をぴたりと夕起子に釘づけにさせながら、続けた。

「楽しかった。ほんとにこんなに楽しく他の方とお食事したのは初めて。私たち、もうお友達ね」

寂しい幼児が、やっと友達を見つけた時のべたべたした言い方に似ていた。純平は後ろのほうで昭介の冗談につられ、何がおかしいのか、げらげら笑っていた。

四人は一緒にエレベーターに乗った。無理矢理、同じ運命の箱に押し込められたような気がして、夕起子は軽い眩暈を覚えた。

ホテル滞在中、夫妻の屈託のない態度はずっと変わらなかった。純平は昭介が読書好きであることを知ると、早速、好きな推理小説の話を始めた。昭介は純平の聞き手になりきる、という役割を見事にこなし、そのことが純平の「人嫌い」という困った幼児的な性格をほどよく融解させたようだった。

休暇を終え、東京に帰る時、夫妻は夕起子たちを送っていくと言ってきかなかった。強引というのではないが、一種の子供じみたかたくなな言い方には、抵抗しがたくさせる何かがあった。仕方なく夕起子たちは目黒まで車に乗せてもらった。

マンションの前でふたりが降り、車が発車しても、ミチルは長い間、助手席の窓から上半身を乗り出して手を振っていた。

「くたびれたわ」と溜息をついた夕起子に純平は答えた。

「いい人たちじゃないか。楽しかったよ、俺は」

2

伊豆から帰って十日後に夕起子たちは島崎家に食事に招待された。

純平は会社で昭介から受けたというその電話について、帰ってから嬉しげに報告した。

「今度の土曜日、六時から来てほしい、って言うんだ。喜んで行きます、って答えておいたぞ」

「でも……いいの？」

「何が？」

「だって、着ていくような服がないし、それに……」

はははは、と純平は笑った。「彼らは俺たちの洋服を招待してるんじゃないんだよ。着ていくもんなんか何だっていいさ」

この人、ずいぶん変わったな、と夕起子は思ったがそれは口に出さなかった。

当日、島崎夫妻は、広大な庭で夏の夜空を見ながらバーベキューをするという、気取りのないセンスのいいやり方で夕起子たちを歓待した。庭はよく手入れされた芝生で覆われており、あちこちにさりげなく籐の椅子が点在しているところなど、さながら高級住宅雑誌のグラビアを見るようだった。

ヒグラシの鳴く声と共に乾杯し、あとは好き勝手に肉や野菜を焼いて食べた。純平の興奮した様子は滑稽なほど子供じみていて、処女を与えた直後の小娘のように危なっかしい感じがした。その日、彼は手みやげとして見事なつぼみの大きな薔薇の花束をミチルに差し出す、という前代未聞のことをやってのけたのである。

ミチルはエスニック柄の柔らかい生地でできたパンツスーツを着ており、非のうちどころのないホステス役をこなしていた。黙りがちな夕起子に当たりさわりのない話題を提供し、時折、大きいガラスの壺に入れた薔薇の花束を長い指でぴんとはじいては、純平からの手みやげに対する感謝の念を表現したりした。

昭介は燃料の火が消えていないかどうかを確かめたり、夕起子が蚊に喰われて不愉快な思いをしていないかどうか、何度か尋ねるという気配りを見せ、純平には「男どうし」という暗黙の了解を求めるかのように、仕事の話をさりげなく持ち出すことを忘れなかった。

出された材料をあらかた食べつくしてしまうと、四人は屋敷の中に入り、庭に面したガラス張りのリビングルームでコーヒーとコニャックを飲んだ。昭介と純平は推理小説の話に花を咲かせた。ミチルは夕起子の側に来て坐った。きつめのレーリュ・デュ・タンの香りが匂った。

「今度は夕起子さんたちのお宅に行きたいわ。よろしいでしょ?」

視線がぴたりと夕起子の顔に止まった。夕起子は目をそらし、微笑んだ。

「でもうちは狭くて、とてもおもてなしなんか……」

「そんなのちっともかまわないわ。ねえ、純平さん。聞いてくださる?」

少し離れたソファーの上でくつろいでいた純平が、主人に呼ばれた犬のような目をして振り返った。

「今度は純平さんたちのお宅に招待していただけるわよね?」

もちろん、と彼が答えた。いいですとも。

純平さん……と言うミチルの糸を引くようにねっとりとした声が夕起子の耳の中で反響した。彼女は胃が痛むのを覚えた。胃が痛んだのは、結婚以来、一度もないことだった。

それからというもの、純平は人が変わったように積極的になり、時々、会社の帰りに流行のポロシャツを買って来たりした。生活ぶりは以前と同じであったが、彼のもたらす雰囲気の中には、常に或る微かな興奮、密かな企みのようなものが感じられて夕起子を不安に落とし入れた。

島崎夫妻は週末になると必ず、電話を寄越し、近くまで来たからと言ってはケーキの箱を携えて上がりこんで来るようになった。純平はそのたびに、懐かしい肉親を出迎えるような情の深さを表し、夕起子が聞いたこともないような高らかな笑い声を上げて、冗談を連発した。ミチルはたいてい、純平が坐るソファーの隣にぴったりと寄り添うように坐り、舌ったらずの口調で「純平さんったら」とか「やあね、純平さん」などと繰り返した。

時折、きれいにマニキュアを施した手を純平の太もものあたりにさりげなく置き、「ねえ、聞いてくださる？」などと耳元に何事かを囁き、ふたりしてくすくす笑ったりもする。昭介はそれを見て、心から嬉しそうに目を細め、夕起子に向かってしみじみとした口調で言うのだった。

「ねえ、夕起子さん。僕ら夫婦は、こんなに楽しくお友達づきあいをした経験は初めてなんです。ミチルがあんなに楽しそうなのも見たことがないですよ」

「お仕事柄、たくさんのおつきあいがあるのかと思ってましたけど……」

「とんでもない。僕はこう見えても頑固なんです。滅多に人を好きになりませんしね。純平君とは初めからウマが合うと思っていたけど、これほどとは思わなかったな」

夫妻が帰ると、決まって部屋の中には濃厚なレーリュ・デュ・タンの香りが残される。その香りは窓を開け、換気扇をいくら回してもカーペットやソファーに付着して離れず、それればかりか、夜中に巨大な刃物と化して夕起子と純平のベッドを切り裂くかのように思われた。

だが、夕起子は決して純平を問いつめたりはしなかった。仮りに手を変え品を変えて問いつめたところで、答えは同じだったろう。

「馬鹿だな、君は。どうかしたんじゃないのか」

彼はそう答えるに決まっていた。

心に巣喰う不安と疑惑のせいで、夕起子はますます病的に家事に専念するようになった。じっとしていられず、誰が食べてくれるわけでもない巨大なチーズケーキをたて続けに二つも焼いている自分を発見した時は、さすがの夕起子もぞっとした。だが、家の中に残るレーリュ・デュ・タンの匂いを消そうと壁の隅々まで拭き、ミチルが来た時純平が着ていた衣類を破れんばかりに手で揉み洗いしてしまう自分を止めることはできなかった。

年が明け、二月になった。夕起子の病的な記憶力によると、その半年間に島崎夫妻とは十一回ほど会った計算になる。半年間に十一回。その数字は親しい人と会う回数としては、ごく平均的とも言えたし、同時に多すぎるとも言えた。

或る夜、純平はいつもの時間に帰って来なかった。九時半近くになり、ミチルから電話が入った。

「夕起子さん、純平さんはもう戻った?」

「いいえ、まだだけど」

「そう、じゃあ、まだ着いてないのね。あのね、私、夕起子さんにあやまらなくっちゃ」

「あら、どうして?」

「今夜、純平さんをお借りしちゃった」

「え?」

「一緒にお食事しちゃったの」

夕起子は黙っていた。一瞬だが、この女は何を目的にこんなまどろっこしい言い方をしてくるのだろう、と怒りに身体が震えた。ミチルは続けた。

「私、今日、横浜に出たの。夜、グランドホテルでのパーティーに行かなくちゃいけなくてね。主人の代理よ。今、ニューヨークに行ってるから」

昭介がニューヨークに行っているというのは初耳だった。夕起子はボタンをかけ間違えたカーディガンを着ている時のような、言いようのない違和感を覚えた。

「それがねえ、行ってみるとうんざりするほど退屈なパーティーだったのよ。長ったらしい演説をする人ばかりで。ね、わかるでしょ。それで、私、途中で抜け出しちゃったの。一階のコーヒーショップに行こうと思ってね。そしたらロビーのところに、なんと純平さんがいるじゃないの」

純平がその日、横浜のホテルで会合がある話はあらかじめ知っていた。でも何故、それほどうまく、ばったりミチルと出会えたのだろうか。

「偶然ね」と夕起子は冷やかに言った。

「偶然よお。純平さん、ちょうど帰るところだったらしいんだけど、私が無理矢理お誘いしてお茶をつき合ってもらったの。そしたら、お腹がすいてきて……。それでお食事もしちゃったの。ごめんなさいね、夕起子さん」

『ごめんなさい』という場違いな言い方が、鋭利な刃物のように夕起子の耳に突き刺さった。だが、彼女は笑って言った。

「あやまることなんかないじゃないの」

「でも夕起子さんがちゃんとお食事の用意して、待ってらしたんじゃないかと思って」

「いえ、してなかったわ。今夜は会合があることを知ってたから」

「ならいいけど。それでね、純平さんとはホテルで別れたのよ。もうすぐそちらに着くと思うけど」

「一緒に帰ればよかったのに」刺《とげ》を含んだ言い方に、夕起子は自分で身震いした。

「それが一緒に帰れなかったの。私、パーティーの主催者とちょっと主人の仕事のことで話があったから。純平さん、先にお帰りになったのよ」

夕起子は懸命になってミチルの声の裏にある、彼女が自分でも気づいていないであろう何かの感情の動きを探ろうとしてみたのだが、結局、何も確かなことはわかりそうもなかった。純平の話はそれで終わった。ミチルは最後に、またお邪魔するからその時はよろしく、と言って電話を切った。

その夜、純平が戻ったのは十二時過ぎだった。吐く息は酒臭かった。

「いったいどうしてたの？　こんなに遅くまで」

「つきあい酒さ。疲れたよ」

夕起子が黙っていると、彼は思い出したような口調で、ミチルとばったり会って食事をした、とつけ加えた。

「どう？　デートは楽しかった？」

「馬鹿言え」

彼はのろのろと着ていたものを脱ぎ、きちんとハンガーにかけて寝室のクロゼットの中に入れた。そしてむっつりと黙りこくったまま、パジャマに着替え、ベッドに潜りこんだ。

夕起子がキッチンを片づけ、ベッドに行くと、彼は溜息をついて寝返りを打った。

「眠れないのね」

「飲みすぎたせいだろ」

それっきり彼は何も言わなかった。夕起子は明かりを消し、枕に顔を押しつけた。

3

その翌日、羽田を離陸したジャンボ機がエンジントラブルを起こして墜落する、という大惨事があった。乗客乗員合わせて三百七十八人が死亡し、テレビは一日中、乗客の姓名を画面に流し、痛ましい事故現場を中継し続けた。

早く帰宅してきた純平は、食事をとりながら画面に見入っていたが、やがてうんざりしたように途中で箸を置いた。

「あら、もう食べないの?」

「こんなのを見てると食欲がなくなるよ」

「じゃあ、消しましょうか」

「いや、かまわない」

彼は長い間、ソファーにだらしなく寝そべって飽きもせずに事故の速報を見ていた。

洗いものを片づけていると、電話が鳴った。夕起子が出るとプツリと切れた。純平が顔を上げて彼女を見た。

「誰?」

「わからないわ。切れちゃった」

彼は再び目をテレビに向けた。その目は画面を見ていながら、実はまったく別のものを見ているのだということが夕起子にははっきりとわかった。

島崎夫妻がめっきり姿を見せなくなったのはそのころからである。ニューヨークから帰ったという昭介から一度だけ短い電話が入っただけで、あれだけしょっちゅう、電話を寄越していたミチルからは何の連絡も入らなかった。

何かが密かに進行している、そんな感じが夕起子をおののかせた。純平は時折、帰りが遅くなり、早く帰っても以前にも増して余計なことは喋らないようになった。様子が変だと言う夕起子に、彼は決まってこう答えた。

「体調がすぐれないんだ」

彼女は必死になって彼の周囲から、あの濃厚なレーリュ・デュ・タンの香りを嗅ぎとろうとした。が、幻覚のように匂うことはあっても、実際にははっきりと鼻が嗅ぎ分けることはなかった。

夕起子はこれまで一度もしたことがなかったことをした。カレンダーをめくり、純平が自分を抱かなくなってから何日たったか、数えたのである。

一カ月。その無味乾燥な数字は、彼女を愕然とさせ、同時にひどく惨めな気持ちにさせた。純平が潔癖な男であることは、これまでの結婚生活の中でよくわかっている。一カ月間、妻を抱かないでいる彼にいったい何がおこったのか、は容易に想像がついた。

「知ってるのよ」と、ともすれば口をついて出そうになる言葉をこらえるのに彼女は必死だった。言ってしまったら、純平は認めるかもしれない。それでお互いに理屈の上ではすっきりするかもしれない。だが、その後のことを考えると目の前が暗くなった。

ついてない人生……彼女は何度もそう思った。奨学金を受けながら大学に通い、卒業したと思ったら就職が決まらず、ずるずるとアルバイトで食いつないで、やっと自分の居場所を見つけたと思ったら、早くも土台は腐り始めていたというわけだ。

決して贅沢《ぜいたく》を望んでいたわけではない。ただ、閉ざした窓の内側で暮らしを楽しみ、ひっそりと純平とつがいになって生きていたかっただけなのだ。それなのに何故、こんな屈辱を味わう羽目になってしまったのだろう。

三月に入った或る晩、深夜遅くに帰ってきた純平は青い顔をしてトイレに駆け込み、吐いた。

「いったいどうして、こんなに飲むの?」

タオルを手渡すと、彼は「仕事だよ」と答えた。

「いつからそんな仕事に変わったのよ。私は聞いていないわ」

「最近、そうなったのさ」

「急に？」

「ああ、急にだ。君のおっしゃる通りだよ」

彼は苛立ちを露骨に見せてパジャマに着替えると、ベッドにうつ伏せになった。夕起子は濡れたタオルを片手で持ちながら、彼を見下ろした。

「ねえ」と彼女は静かに聞いた。

「ミチルさんと何かあったの？」

純平はしばらくの間、黙っていたが、やがて苦しそうに寝返りをうった。

「ミチルさんと何かあったのか、って聞いてるのよ」

「どうしてそんなことを聞くんだ」

「最近、おかしいわ。あなたも島崎夫妻も。第一、さっぱり連絡を寄越さなくなったじゃないの、ミチルさんたち」

「君から電話すればいいだろ」

「そんなこと言ってるんじゃないわ。ねえ、いったい全体……」

突然、純平はマットレスを大きくバウンドさせながら起き上がった。唇が震え、めくれ上がって歯が見えた。

「よせ。そんな話」

「どうしたの?」

「何の意味があってそんな口のききかたをするんだ」

「意味? 意味なんかないわ。ただ、私は……」

「くだらない。いったい何を考えて生きてるんだ、君は」

「何、って……あなた、私が何を考えてると思ってるのよ」

「言ってやろうか。君は俺がミチルさんにひかれてると思ってるんだ。そうだろ。いい機会だから答えてやろう。彼女は素晴らしい女だ。いい女さ。どうだい。これで満足したかい」

夕起子が啞然としていると、彼は片手で頭を押さえ、左右に振った。

しばらくの間、ふたりとも何も言わなかった。サイドテーブルの上の目覚まし時計の音だけが、冷えきった寝室に響いた。夕起子が息を荒くしながらじっとしていると、彼はうつむいたままの姿勢でぽつりと言った。

「すまん。悪かった。疲れてるんだ。気にしないでくれ」

夕起子は部屋を飛び出し、リビングルームに行って、グラスになみなみとウィスキーを注いだ。心臓が停止する直前のように不規則に波打った。だが涙は出てこなかった。

馬鹿みたい、と彼女はつぶやいた。

全世界のいたるところで、今、この瞬間、自分と同じような思いでウィスキーをがぶ飲みしている女がいる。そう思うと、今すぐにその全員に電話をかけて互いの月並な悩みを笑い合いたい気持ちになった。

月並な悩み。確かにそうだった。

夫が新しく知り合った若い女にひかれていくのを指をくわえて眺めている気の弱い妻。それだけのことだった。少なくともその時までは、夕起子の悩みはそれだけですんでいたのである。

その日から五日ほどたった土曜日の午後。わざと時間をかけて買物から帰ると、純平がひと足先に戻っていて、誰かと電話で話していた。

彼は夕起子の姿を認めると、わざとらしく声を張り上げた。

「うちの奥様が戻ったようだよ。いや、買物らしい。いま代わるからね」

夕起子がスーパーの包みを抱えながら純平のそばに行くと、彼は送話口を押さえながら小声で言った。

「ミチルさんから。君にかかってきたんだ」

い出した。
夕起子は純平を見た。彼は目をそらし、受話器を手渡すと、ソファーに坐って煙草を吸

夕起子は受話器を耳に当て、少し痰の絡まった声で「もしもし」と言った。受話器は純平の手の汗でじっとりと濡れていた。

「ああ、夕起子さんね」ミチルは砂糖菓子を湿らせたようなべたべたした口調で言った。わずかだが、慌てている、といった空気が読み取れた。

「お久しぶり。御無沙汰しちゃってごめんなさい」

「こちらこそ」夕起子は微笑んだ。「こちらこそ御無沙汰してたわ。お元気？　何か変わったことはない？」

「ええ。おかげさまで。主人ともども元気よ。いま電話したら純平さんが出て……」

「ええ、そうらしいわね」

「今日はお早いのね、彼」

「そうみたい。ところで私に何か？」

「たいした用じゃないんだけど、あの……今ね、主人の実家から生牡蠣を貰ったの。私、ほら、信じられないくらいにお料理が苦手でしょ。生牡蠣ってどうお料理したらいいのか、わからなくて。それでちょっと夕起子さんに聞いてみようかな、って思ったの」

咄嗟に考えた言い訳のように聞こえた。だが、夕起子は普段通りの調子を崩さないよう注意しながら言った。

「あら、お手伝いさんは？」

「今、出払ってるのよ。生の牡蠣って腐りやすいでしょ。だから困っちゃって」

夕起子は丁寧に牡蠣の酢の物の作り方やフライの仕方などを教えた。ミチルは熱心に聞き、ふたりは牡蠣の話が終わると、ろくに近況報告もし合わずに電話を切った。

純平は何かしらそわそわしていたが、夕食を食べ終えると、「人と飲む用がある」と言いおいて出かけて行った。彼が出て行ってから一時間後、夕起子は島崎家の電話番号を回した。いつか会ったことのある中年の家政婦が出て「奥様はさきほどお出かけになりました」とだけ答えた。

受話器を置いた途端、電話が鳴った。

「もしもし」と言うと相手は無言のまましばらく黙っていたが、やがてプツンと切ってしまった。

4

西伊豆でのスキューバダイビングを計画したのは、昭介である。あとになって夕起子はそのことを何度も思い返してみたのだが、どう考えても昭介が計画し、実行に移したということに間違いはないように思われた。

七月の初め、夕起子は昭介からの電話を受けた。彼の口調は初めから浮き浮きしていた。

「純平君は確か、ダイビングができるって言ってましたよね」

「ええ、学生のころやってて、機材も持ってます」

「どうだろう、夕起子さん。今月の末、皆で西伊豆に行くってのは。われわれ夫婦が知り合って一年たったことだし、その記念としてちょっと健康的にバカンスを楽しむのもいいと思いませんか。ミチルも僕もダイビングはやるし……夕起子さんにも教えますよ。宿はいいところを僕が知ってるんだ。海岸近くにある静かでこぢんまりとした所でね、温泉もある。飯もうまい。どうです?」

この男は鈍いのか、それとも逆に巧妙なのか、夕起子にはわからなくなった。妻が自分の友達と関係していることにまだ何も気づいていない様子だ。いや、それとも、気づいているからこそ、わざと意地悪くこうした計画をたてているのだろうか。

「でも私、ろくに泳げもしないからダイビングなんてとても……」

「大丈夫。保証しますよ。水面を泳ぐよりも水の中を泳ぐほうが簡単なんだから。一週間もいれば、なあんだ、こんなに簡単だったのか、って思うようになることは請け合いだ」

「でも……」と夕起子は言葉を濁した。「今月の末あたり、主人のほうが忙しいかもしれないわ。ともかく相談してみます」

「彼ならどんなに仕事が忙しくてもＯＫするに決まってますよ」

「あら、どうして？」

「ははは」と昭介はおかしそうに笑った。「誰だって仕事よりも遊びを好むものですからね」

別に他意はなさそうだった。夕起子は改めて返事をする、と答えて電話を切った。純平は断るに決まっている、という確信に近いものがあった。誰が好き好んで、互いに伴侶を連れながら、浮気相手と旅行などするだろうか。

だが、その晩、話をすると、純平は「いいね」と言った。「いい話だ」

「あら、ほんとにいいの？」

「いいさ。行こう」

彼は押し入れの奥から、ここしばらく使っていなかったダイビング機材一式を取り出してきて、丹念に調べ始めた。その背中に〝おんぶおばけ〟のように張りついているミチルの影が見える。その影に向かって銃の引金を引きたい、という現実離れした欲望を覚えながら、夕起子は聞いた。

「ほんとは別の予定があったんじゃないの?」

純平は振り返った。

「別の予定?」

「ええ」

「そんなもんないよ」

「どうだか」

純平の目は心なしか悲しそうに見えた。夕起子は彼のそばを離れてダイニングテーブルの上を乾いた布巾でこすった。

「君は誤解している」

夕起子は手を止めて彼を見た。

「誤解ですって? 何のこと?」

彼は何か言いたそうに口を開きかけた。夕起子はその唇の動きを祈るような思いで見つめ続けたが、それ以上、動かなくなった。

「別に私は誤解してるつもりはないわ。ただ見てるだけよ」

「見てる？」

「ええ、見てるだけ。じっとブラインドの陰から覗いてるだけよ」

純平は溜息をついて、機材を意味もなくいじり始めた。

「俺は君と夏休みをとりたいと思ってるだけなんだ」

「それはありがたいことね」

「せっかく昭介さんがそう言ってくれてるんだ。行くことにしようじゃないか」

ふふふ、と夕起子は含み笑いをし、その後でつけ加えた。

「あなたが行くなら私も行くわ。だって私、見届けるつもりなんだもの」

険悪な空気が流れるかと覚悟したのだが、純平は何も答えなかった。もう一度、同じことを言おうとして夕起子は口をつぐんだ。純平が叱られた子供のような顔をして、静かに目を伏せたからだった。

出発の当日は、梅雨明けした翌日で、灰色のカーテンをひと思いに開け放ったかのような上天気だった。

島崎夫妻は車で夕起子たちを迎えに来た。オフホワイトのシンプルなミニ丈のワンピースにロウヒールの黄色いパンプスを履いたミチルは、夕起子を見ると懐かしそうに「わあ」と言って微笑んだ。「久し振りね、会いたかった」

夕起子は黙っていた。ミチルは長かったまっすぐな髪の毛を肩のあたりで切り揃え、軽くパーマをかけている。少し痩せたようだった。青すぎるアイシャドウが目の縁を彩り、近くから見るとセルロイド人形の目のように見えた。

純平とミチルは互いによそよそしく振る舞い、昭介だけがいつもと変わりなくにこにこしていた。

車では純平は助手席に坐り、後部座席に夕起子とミチルが並ぶ形になった。ミチルは子猫が入っているような籐のバスケットケースを膝の上に乗せ、それを指さしながら夕起子にウインクした。

「私ね、すごいことしちゃったの」

「え?」

「サンドイッチを作ったのよ。ねえ、夕起子さん、信じられる? この私がよ、お料理なんて何もしない私が、サンドイッチ作ったんだから」

「雨が降らないか、って心配なくらいですよ」と、運転席の昭介がバックミラー越しに笑った。「昨日の夜から大騒ぎだったんだから」

「そうなの。ね、夕起子さん、見て」

ミチルは弁当の蓋を開けて友達に見せる小学生のように、バスケットの蓋《ふた》を少し持ち上げて中を見せた。淡いピンク色のナプキンの中に、ラップでくるまれたたくさんのサンドイッチが見えた。ピクルスとオリーブも彩りよく並んでいる。

「おいしそうね」

「おいしいかどうかわからないけど、とにかく後で食べてみて。あとパイナップルジュースやコーヒーもあるし、果物も持ってきたの。どこかで休憩した時に食べましょうね」

「遠足だな、まるで」と、昭介が笑った。純平は黙っていた。

途中、大仁温泉を通り、狩野川の川原で昭介は車を停めた。四人は車から降り、川原にビニールシートを敷いて、ミチルのサンドイッチを食べた。あまり食欲のなかった夕起子は茹でた卵をマヨネーズで和えた卵サンドを二切れつまんだだけでやめた。卵は少し酸っぱい味がして、あまり旨くなかった。

夕起子がひどい吐き気に襲われたのは、旅館に到着し、純平と昭介が連れ立って温泉に入りに行った直後のことである。持ってきたボストンバッグを開けて、中に入っている着替えを取り出そうとした瞬間、彼女は胸が焼けただれるような不快感を覚えて、思わず顔をバッグの中に突っ込んでしまった。

食道のあたりを何かがものすごい勢いで上がって来て、内臓が波うちせり上がるような感じがする。蟻のはいでる隙間もないくらいしっかりと片手で口を押さえ、彼女は部屋の入口付近にあるトイレに駆け込んだ。

酒を飲み過ぎて吐く時とは違う、緩慢な動きを見せる吐き気が、波のように押し寄せたり引いていったりしながら、長いこと喉のあたりでとどまっている。全身が硬直してしまうのではないか、と思われるほど、手足が硬く板のようになった。彼女は超人的な力をこめて自分の胃をこぶしで叩いた。

クライマックスは強烈だった。呼吸ができなくなるくらいに、激しい嘔吐を何度か繰り返し、出るものがなくなっても、まだ喉が内臓そのものを出したがって痙攣《けいれん》した。

吐き終わると、彼女は衰弱しきって床に坐りこんだ。身体を海老のように曲げていると、幾分、気分がよくなり、ものが考えられるようになった。

あの卵。ミチルが作った卵のサンドイッチ。

部屋のドアが開いた。純平が入って来る気配がした。

「どこだい?」

夕起子はトイレの水を流してそれに応えた。そしてトイレットペーパーで口のまわりや額に浮かんだ汗を拭き、しばらくじっとしていた。

卵の入ったサンドイッチに手をつけたのは、自分以外に誰がいるだろう。夕起子は混乱する頭の中で考えた。サンドイッチは全部で三種類あった。トマトとレタス。卵。それにローストビーフである。

男たちふたりは主にローストビーフを食べていたような気がする。ミチルは？　ミチルはどうだっただろうか。トマトとレタスのものしか食べていなかったのではないだろうか。

そこまで思い出して、夕起子はふらふらした。あの時、夕起子に、真先に卵サンドを手渡したのはミチルである。

「あら、夕起子さん、ちっとも食べないのね。ほら、この卵サンドでもどう？」

そう言って手渡されたひと切れを「ありがとう」と言いながら口に運んだのではなかったか。

酸っぱい味がしたのははっきり思い出せる。腐っているような感じではない。ただ、つぶした茹で卵に酢でもかけたかのような酸っぱい刺激があったのだ。

彼女は深呼吸した。何をどう考え、処理していったらいいのかわからなかった。昔、テレビで見たことのあるドラマの一シーンが頭の中に甦った。或る女がもうひとりの女を殺すために、密かに青酸カリをとかした氷を作る。女が訪ねて来た時、彼女の飲むアイスコーヒーの中にその氷を入れるのだ。女は出されたアイスコーヒーを飲んで雑談している最中に、突然、ひっくり返って目を剝く。そんなシーンだった。

ともかく今は騒ぎたてないことだ、と夕起子は思った。食べたものは皆、吐いてしまった。肉体に影響のあることはもうないだろう。

このことがミチルの嫌がらせなのか、それとも殺人を意図した上での小手調べなのか、それを見極める必要がある。いま、騒いだりしたら、一番、大切なことを見逃してしまう可能性があるのだ。

夕起子は洗面所で手を洗い、顔をぴたぴたと叩いて赤みを甦らせてから、部屋に戻った。

純平は旅館の浴衣を着て、縁側の椅子に坐り、煙草を吸っていた。

「いい湯だったよ。君も入ってくれば？」

「そうね」

夕起子は後ろを向いたまま、言った。胸はまたむかむかし始めたが、恐怖のほうが打ち勝っていた。

「明日のために漁船を借りることができたよ。昭介さんが頼んでくれたんだ」

「そうなの。よかったわね」

「君もシュノーケリングくらいはやってみたら？」

「ええ。でもここでのんびりしてたほうがいいわ。海で泳ぐのは怖いのよ」

純平はそれ以上、誘わなかった。夕起子は「少し頭痛がするから」と言い訳をして、座蒲団を枕に横になった。純平は庭を散歩してくる、と言って出て行った。

夕起子はそっと起きて、持ってきたボストンバッグの中から歯ブラシの入っているトラベルセットを取り出し、ケースを開けた。考えていた通り、中には胃腸薬がひと包み入っていた。去年、伊豆に来た時――幸せな気持ちで来た時――に用意しておいた薬である。古いためにもう効かなくなっているかと思ったが、何も飲まないよりはましだった。彼女はそれを飲み、また横になった。

少し気分が落ち着くと、恐ろしい考えばかりが浮かんできた。まるで壊れた万華鏡が頭の中に勢いよく飛び散ったみたいだ。

私は殺されようとしているのか。それともただ単にたちの悪い嫌がらせを受けているだけなのだろうか。純平もぐるなのだろうか。今ごろ、どこかでミチルとこそこそ会い、「どうだった?」「いや、今のところは別に異常はなさそうだ」などと話し合っているのではないだろうか。

遠くで波の音がしたように思った。決して、海には行くまい……と夕起子は寒気を感じながら畳の上で身体を丸めた。

海は危険なんだよ、そう繰り返し母から聞かされた子供のころのことを思い出す。一度に何人もの人の命を奪えるのは海だけなんだよ。ごらんよ、大型の客船だって、ちょっと波がたつと簡単に沈んでしまうじゃないか。

明日、私が海に入ったら、きっと何かが起こる。そうに決まってる。

理性を働かせれば、すべては妄想だ、という結論が導き出せる可能性はあった。だが、彼女はその理性というものをすでに信じていなかった。

思いもかけないことが起こったのは、その翌日の午後のことである。

その日は朝から暑く、正午には早くもその夏の最高気温を記録した。夕起子を除いて、他の三人は元気いっぱいだった。昭介とミチルは執拗に夕起子を海に引っ張り出そうとした。ことにミチルは、海で泳いだ後の爽快感を強調し、夕起子さんにダイビングの楽しさを知ってもらうために来たのに、とまで言った。

体調がすぐれないことを理由にそれを断ると、昭介は控え目に妻の腕をつねった。夕起子が生理にでもなったと勘違いしたらしかった。

三人が出て行ってから二時間ほどたったころだったろうか。夕起子が宿の自室にひきこもっていると、客室係の女が飛び込んで来た。

「大変なことが……」

女は興奮のあまり、口をもぐもぐと動かすだけで次の言葉が聞き取れない。夕起子はぞっとして立ち上がった。

「どうしたの？」

「お客様が……海で……」

「誰が？　どうしたって言うの？」

「溺れなさったとかで……」

廊下のあたりでミチルの呻き声のようなものが聞こえた。夕起子は反射的に外に飛び出した。廊下の真中で、ウェットスーツを着たままの純平がミチルの身体を抱えながら立ちすくんでいた。彼は伸びたゴムのような紫色の唇をだらしなく開けたまま、夕起子を見た。

「昭介さんが……」彼は吐き戻すのをこらえてでもいるかのように、ミチルを支えていないほうの手を喉に当てた。

「溺れた」

「え？」

ミチルが獣がわめく時のような声を張り上げ、泣き出した。純平が目を伏せた。

「……たった今、亡くなった」

「嘘」夕起子はつぶやくように言った。「冗談はよして」

「エア切れだ」

激しい寒気を覚えた。彼女は自分の身体を両手でくるみこんだ。

「助けられなかった」と純平がへなへなと床に崩れ落ちた。「彼が遠くでもがいてたんだ。慌てて側に行って残圧計を見ると……ゼロになってて……俺のをくわえさせようとしたんだが、苦しがって俺から離れて行くんだ。つかまえてレギュレーターをくわえさせたんだが……遅かった」

「どうしてよ。どうしてあなたやミチルさんだけ空気が残ってて、昭介さんだけが急になくなったのよ。同時に潜ったんでしょうに」

「わからない。何かに驚いてパニック状態になったのかもしれない。それで一度にたくさんの空気を吸いこんで……。そうとしか考えられない」

「人工呼吸もしなかったの？」つのりくる恐怖心が彼女を怒鳴らせた。純平は、「したさ！」と大声を張り上げた。「船に上げてすぐにしたさ。肋骨が折れるくらいにやったよ。でも、救急車に乗せた時はもう……」

純平は泣いているように見えた。ミチルは放心した顔で床にへたりこんでいる。

玄関で声がした。警察だった。それから純平とミチルは、簡単に状況説明を求められた。

そばで夕起子が聞いた限りでは、ふたりとも冷静にそれに答えていた。

警察側がその後、発表したところによると、昭介の死は溺死で、残圧計を見誤ったまま潜りつづけたための事故として処理された。エアタンクにもレギュレーターにも不審な点は何も発見されなかった。もちろん昭介の遺体にも。

それですべてが終わった。ミチルは若くして未亡人となった。そして葬儀の当日まで、純平夫妻には何の連絡も寄越さなかった。

5

昭介の死の意味するものは、たったひとつしかなかった。鎌倉にある島崎家の菩提寺で行われた葬儀に列席した後、何日も何日も夕起子は同じことを繰り返し考えた。

彼の死を事故に見せかけることは簡単だったに違いない。三人で潜って、エアタンクが切れる間際まで昭介を海から上げなければいいのだ。ふつうエアが切れるのは、海に入ってから三、四十分後である。なんらかの突発事故がおこって、パニック状態に陥り、空気をたくさん吸いこんでしまうと、十五分か、下手すると十分以内に切れてしまうこともあり得る。

いや、そんな悠長なことをしないでも、水の中で彼のレギュレーターをはずしてしまう、という恐ろしい方法もある。そしてタンクのエアを抜いてしまうのだ。証拠は残らない。

昭介は決してダイビングのビギナーではなかったのだ。ミチルと結婚してから、何度かふたりで潜りに行ったことがある、と聞いた。どちらかというと用心深い性格だから、危険を冒すような真似はするはずがないし、まして、ビギナーがやらかすようなエア切れの事故を招くことなど考えられなかった。

昭介はふたりに殺されたのだ。それは間違いない、と夕起子は思った。

考えてみるとおかしな符合ばかりだった。一年前の夏、あれほどものぐさだった純平が伊豆のホテルに行こうと誘ったのも妙だし、そこで知り合っただけの見知らぬ夫婦とあっという間に親しくなったのも妙だった。だいたい、純平はどれほどの義理があろうと……たとえ実の親に対してすら、親しげに振る舞うことのない男だったのだ。

ミチルと純平はもしかするとずっと以前から恋仲だったのかもしれない。去年、伊豆のホテルで二組の夫婦が出会ったように見せかけて、心おきなくふたりが会えるような状況を作ったのだ。そして愛情を育てているうちに、互いのパートナーが邪魔になり、そしてひと思いに……ということになったのかもしれない。

じゃあ、あのサンドイッチは何だったのか、そう考えて夕起子の推理は行き止まった。

仮りにあのサンドイッチで夕起子が死亡したとしても、解剖をすれば死因がはっきりする。ミチルが疑われるのは決まりきっているのだ。果たしてそんな子供じみた方法をミチルが使うだろうか。事故に見せかける方法をとるのが普通ではないか。

考えれば考えるほどわからなくなった。夕起子は表向き、通常通りの芝居を演じながら、一日一日をやり過ごした。

ただし、彼女は純平がたまに淹《い》れてくれるコーヒーやグラスに注いでくれるジュースのたぐいを決して飲まないようにした。夫よりも先に眠ることはせず、アルコール類も避け、寝る前には必ずガスの元栓を確認した。

純平は昭介の死がこたえているといった素振りを露骨に見せ、陰鬱な表情で何度も「俺の責任だ」と洩らした。それを必死で慰め、力づけるふりをしながら、夕起子は内心、この巨大な化物と闘い勝利するまでは決して自分からぼろを出すまい、と固く心に誓った。いつかは相手方がほころびを見せてくるに決まっている。警察に行くのはそれからでも遅くはない。

昭介の死後、一カ月ほどたった或る日、純平は電話をかけてきて、急に一泊の出張になった、と告げた。出張先がどこなのか、今まで一度も出張などしたことがなかったのに急にどうしたのか、といったことを一切、聞かずに夕起子は電話を切った。出張と称して久々にミチルとの逢瀬を楽しんでいることは間違いないのだ。そして、次の殺意の爪を研《と》ぐ。ガス？　交通事故？　薬？　それとも山での遭難？

ミチルが相当の遺産を昭介の死後、引き継いだのはわかっている。私が死んだら、そのうえ純平に少なく見積もっても四千万ほどの保険金が入るのだ。二人の再出発には、充分すぎるほどの資金がそろうではないか。

でも、私は負けない……。

夏が終わりかけている夜は、もの悲しく孤独だった。ベランダの鉢植えの横で、さかんにコオロギが鳴き始めている。手入れを忘れて久しい鉢植えの草花は半ば枯れかかっていて、それらの乾いた哀れな姿は、置き忘れられたしゃれこうべのように見えた。

夕起子は夕食を手早く済ませると、クロゼットを開けて着心地のいいコットンの白いジャケットと淡いブルーのスパッツを取り出し、それを着た。体重が五キロも減ったせいか、全体的にシルエットはほっそりとして見えた。彼女は自虐的に笑った。

どうしても家の中にじっとしているのがいやな夜、というものがある。それは恋人と喧嘩して苛々しているから、とか、あるいは単純に外の空気が吸いたいから、とかさまざまな理由によるものだが、夕起子の場合はそのどれにも当てはまっていなかった。

彼女は人恋しかった。長い疑惑と不安と恐怖の日々が続いていてへとへとになっていたにもかかわらず、彼女はその分だけ誰かと、まったく今回の事件に関係のない誰かと一緒にいたかった。いや一緒でなくてもいい。幸せそうに笑いさざめいている人々の真中にはさまって静かに彼らの話を聞いているだけでもよかったのだ。

財布の中にはおろしたての生活費が六万円ばかり入っている。彼女はそれを確かめてからセカンドバッグの中に入れ、次に化粧室に入って顔を洗った。丁寧に乳液を塗り、化粧を施す。口紅はパールの入ったオレンジ系。最後にシャネル十九番を耳たぶに吹きつけようとしたが、それが去年の誕生日に純平から貰ったプレゼントであることを思い出し、不吉な感じがしてやめた。

マンションから駅まで歩き、地下鉄に乗った。外の空気は故障したサウナみたいに肌にひんやりと冷たく、地下鉄の中には、夏の間に吐き棄てられた人々の欲望の残りかすだけが詰まっている感じがした。

六本木に着くと、夕起子はまだ開いているブティックや書店を冷やかしながら、ぶらぶらと歩いた。真夏の熱気がなくなったせいか、街の中はピントがぼけた古いカラー写真のように、どこかちぐはぐで、捉えどころのない中途半端な騒音に満ちていた。

それでも、若い恋人どうしやサラリーマン、ひと目でそれとわかるテレビ局関係者、モデル、それにゲイボーイたちの間にはさまって羊の群れが動くようにゆっくり舗道を歩いていると、孤独感はいくらか和らいだ。

　交差点を少し過ぎたところに見覚えのある店の看板が見えた。ずっと昔、まだ虎ノ門でアルバイトをしていたころ、同僚と一度だけ入ったことのあるカクテル専門のバーである。カウンター席は混んでいて、しかもバーテンダーに何かとうるさく話しかけられ閉口した記憶があるが、ボックス席なら静かに飲めるだろう。他に気軽に入れる店を知っているというわけでもない。夕起子は決心して、地下一階にあるその店に入った。

　彼女の後につくような形で一人の男が階段を降りて来た。男は彼女の開けたドアを支え、連れの客のような顔をしながら店の中に入った。

　店は混んでいるとも空《す》いているとも言えなかった。ただ、カウンター席だけはほとんど満席で、空いているスツールはふたつしかなかった。

　その空席に坐りかけて、男はちらりと夕起子のほうを見た。夕起子が隅のほうのボックス席に坐ると、男も近づいて来て、夕起子の隣のボックス席に夕起子とちょうど対面する形で落ち着いた。

　目立つタイプの男ではなかった。白っぽい麻のブルゾンを着ている。髪の毛は長からず短からず、ふさふさとまとまっており、特徴のない面長の顔はハンサムとも醜男とも言えず、一種の透明な感じを受けた。

ソルティドッグを注文し、夕起子が壁に上半身をもたせかけながらぼんやりしていると、男は煙草を吸い出した。片手をブルゾンのポケットに突っ込み、くつろいでいる様子である。男は多少、意識しているように、ちらちらと時折、夕起子のほうを盗み見た。

話しかけられたらいやだな、と思う気持ちと、何か話しかけられたい、と思う気持ちが夕起子の中に交錯した。男はどう見ても純平と同じ人種には見えなかったが、かといって特別に怪しげな感じもしなかった。三十代の後半くらいの年恰好。テレビ局関係者に違いない、と彼女は思った。

ソルティドッグが運ばれ、男にはビールが運ばれた。男はグラスにビールを注ぐと、正面から無遠慮に夕起子を見つめた。彼女はどぎまぎした。

「待ち合わせですか」

思っていたよりずっと低い声だった。コントラバスのように地下から響くような声。

「いいえ」と夕起子は首を振った。

「ひとりで飲みに来るなんて、きっと僕と同じ境遇なのかな」

「あら、どういうことですか」

「誰かに振られたか、恋人と喧嘩したか……そうでしょう」

「あなたは誰かに振られたの？」

「そんなところです。そっちの席でご一緒してもいいですか」

どうぞ、と夕起子は答えた。本能が彼女に自堕落になるよう命令を下しているような感じがした。ソルティドッグは甘く、しょっぱく、強烈に効いてくる。

男は微笑しながら立ち上がり、自分のビールグラスを運んで来た。照明が暗く、よくは見えなかったが、全体的に均整のとれた体格であることは間違いなかった。

「結婚リングをしてますね。人妻かな」

「一応ね」

そう言いながら、彼女はちらっと男の手を見た。薬指に同じようにリングがはまっているのでは、と想像したのだが、何もなかった。男は彼女の視線に気づいてさりげなく手を引っ込めた。

「僕は独身。離婚したんです。忙しい亭主をもつと、女ってのはすぐに他の男を探し出す」

「マスコミ関係のお仕事？」

「あたり。情報誌専門の下請プロダクションを経営しているんですよ。いろいろ手を拡げてるんだけど、儲からなくってねえ」

ふふふ、と夕起子は笑った。男は身を乗り出してきた。「今夜は楽しく飲みたいな。どうです？」

いいえ、もう帰ります……と言おうとして、口をついて出たのは「喜んで」という信じがたい言葉だった。

その夜、夕起子は男に連れられて二軒、店を回った。男は妻に裏切られた時の話をえんえんとしていたが、どうせ作り話だろうと思うと、聞いていて愉快だった。夕起子も出鱈目の身の上話をした。時々、こうして一晩、知らない男と飲むのが趣味なのだ、と言うと男は「気をつけなさいよ。変なのがいるから」と忠告した。夕起子は内心、軽蔑をこめて笑った。

酔いつぶれる寸前で彼女が「帰る」と言うと、男はマンションまでタクシーで送ってくれた。男の態度は終始、紳士的だった。

車を降りる時、男は彼女に耳打ちした。

「また会いたい。明日、また」

言葉の意味を深く考える余裕もなく、夕起子は部屋に戻るとベッドになだれこみ、朝まで死んだように眠った。

6

翌日はひどい二日酔いだった。朝は起きようとして起き上がれず、結局、ベッドを離れることができたのは昼過ぎになってからだった。

シャワーを浴びながら、夕起子はちらりと昨夜の男のことを考えた。不思議なことに、その顔はもはや思い出せなくなっていた。印象の薄い顔だった。楽しかったのかしら、と自問して彼女はぶるぶると頭を振った。楽しかったわけがない。一時、いやなことが頭の中から薄れていったのは認めるが、二日酔いの吐き気と頭痛のさなかでは、むしろ後悔の念が先にたつ。ただ、結婚して初めて夜遊びをし、見知らぬ男と飲み歩いた、という事実だけが薄っぺらな紙でできた勲章のように頭の中に張りついているだけだ。

コーヒーメーカーで濃いコーヒーを作って飲んでみたが、コーヒーは泥のような味がした。彼女は顔をしかめ、こめかみを指で押さえながら溜息をついた。

突然、チャイムが鳴った。彼女はビクッとして身体を硬直させた。その反動で、コーヒーカップから焦げ茶色の液体がこぼれ、白いテーブルクロスに染みを作った。

誰だろう。あの人が帰ったのかしら。

まず切実に思ったのは「今はまだ帰ってほしくない」ということだった。きれいに化粧を施した若い女と一夜を過ごしたばかりの男に、いくらなんでも、こんなにむくんだ青黒い顔は見せたくない。

足音を忍ばせて玄関に行き、いつもの習慣でドアスコープを覗いた。純平だったら、ドアを開けてやるなり、寝室に引きこもってしまうつもりだった。

だが、スコープの向こうに見えたのは痩せ細った女だった。初めは誰だかわからなかった。女はもう一度、チャイムを鳴らし、思案げに顔を上げた。ミチルだった。

夕起子は着ていた白いバスローブの襟《えり》を合わせながら、ぼさぼさの髪の毛をかき上げ、ドアチェーンをかけたままドアを細めに開けた。

「ごめんなさい、突然」

黒に近いダークグレーの地味なワンピースの胸が、緊張して大きく波打っているのが見えた。夕起子は目をそらしながら「何か?」と聞いた。ミチルはやつれた顔を歪ませながら「大事なお話があるの」と蚊の鳴くような声で言った。

「話?」夕起子は鼻で笑おうとして、うまく笑えなかったため、大きく息を吐いた。「何なのかしら」

「純平さんのことなの。お願い、夕起子さん。中に入れてください」

心なしか、切羽詰まった様子だった。何が始まるのだろう、と夕起子は訝しく思った。事実を告白するつもりなのだろうか。ついでに昭介殺しのことまでも……。だとしたら、その目的は何？

夕起子は警戒した。ミチルは私を殺すつもりで……？　いや、しかし、こんな真っ昼間、凶器でも持っていない限り、そう簡単に女に人殺しができるわけがない。見たところ、ミチルの持ち物は、ハンカチと口紅を入れただけで一杯になってしまいそうな小さなポシェット一つだった。それに今にも倒れてしまいそうなほど、やつれている。

しばらく考えた後、夕起子はドアチェーンをはずしてミチルを中に通した。ミチルはしずしずと居間まで歩き、部屋の真中で立ちつくした。その後ろ姿に向かって夕起子は冷やかに言った。

「怖がらなくてもいいのよ。今さら、私には聞いて驚くことなんか何もないわ」

ミチルはそれには答えずに、ゆっくりと振り向くと膝を折ってカーペットの上に正座した。

「ごめんなさい、夕起子さん」

「いやね。そんなところに坐ってないで、ソファーにいらっしゃいよ。みっともないじゃないの」

「ごめんなさい、嘘をついてて」ミチルは頭を垂れた。夕起子は苦笑し、苦笑できるほど余裕のある自分を褒《ほ》めたたえながら、キッチンに行き、ミチルのためにコーヒーをカップに注いだ。

「さあ、ゆっくり話は聞くわ。だから、ほら、こっちに来て」

ミチルは夢遊病患者のようにゆらゆら揺れながら立ち上がり、ソファーに腰を下ろした。その顔は、初秋の午後の輝く日差しの中で、妙に青白く、老けて見えた。夕起子はクリーマーとシュガーポットをミチルの前に差し出しながら、居丈高に言った。

「元気がなさそうね。ご主人のこと、お気の毒に思ってるわ」

ミチルは突然、大きく肩をいからせたかと思うと、目の下にマスカラの醜い染みを作りながら涙をぼろぼろとこぼし始めた。

「私、我慢できなくなってここに来たんです。純平さんが夕起子さんのことを心配させたくないって言うから、私もずっとこのことを黙り続けてきたんだけど、もう限界よ」

「そりゃあ、そうでしょうね。あなたがたはもう限界のはずだわ」

「違うの。私はただ、助けただけなの。それなのにこんなことになるとは、思ってもみなかった」

「私だって思ってもみなかったわ」夕起子は皮肉っぽく笑った。ミチルはしゃくり上げた。

「いったい何からどう話したらいいのか……。夕起子さん、全部、話すから、気持ちをしっかり持って聞いてね」

なんてこの女は馬鹿なんだろう、と夕起子は思った。気持ちをしっかり持って聞いてね、ですって！　口のきき方を知らないにもほどがある。

「夕起子さん、覚えてるかしら。今年の二月、純平さんと私がばったりホテルのロビーで会って食事をした時のこと」

「もちろん覚えてるわ」

「あの時、食事をした後、私は主人の仕事のことで人と会い、純平さんとはそこで別れたって言ったでしょう。純平さん、私と別れた後で、久し振りだからって山下公園を散歩したんですって。学生時代によく行ってたらしくって、懐かしかったのね、きっと」

「あのね、ミチルさん、悪いけど手短にお願いするわ。私、今日はちょっと頭痛がするの」

「ごめんなさい。でも話せば長い話なの」

「らしいわね。でも私、そうそう細かく知りたいとは思ってないのよ。わかるでしょ？」

ミチルは「ああ、どうしよう」と言いながら額に手を当てた。

「とにかく続けるわ。それでね、純平さん、公園のトイレに入ったそうなの。そこで……

ええ、はっきり言ったほうがいいわね……そこで彼、人を殺してしまったのよ」

初め、夕起子はミチルの頭がおかしいのではないか、と思った。彼女は目を丸くしてミチルを見つめ、次に微笑んだ。ミチルは苛立たしそうに続けた。

「殺人よ、夕起子さん。人を殺しちゃったのよ。……トイレに入った時、ひとりの小柄な男が壁に寄りかかってたらしいんだけど、彼は気にもしないで用を足したのね。そしたら、その男、いきなり純平さんに抱きついてきたんですって。抱きつきスリかもしれないって咄嗟に思った純平さんは、思いっきりその男を小突いて、投げとばしたんですって。抵抗もしないままに男は投げ飛ばされて、便器の角か何かに頭を打ちつけて、それっきり動かなくなったの。最初は気絶しただけかと思ってたらしいんだけど、男はいつまでたっても動かないし、変だと思って純平さんがそばに寄ってみると、その男、目を剝いて息をしてなかったのよ。つまり、死んでた、ってこと」

「ねえ、ミチルさん」と夕起子は口をはさんだ。「たいそうびっくりする話だけど、そんな作り話を私が信じると思って？　第一、もし本当だとしたら、どうして主人はそんな大変なことをこの私に話さずに、あなたに打ち明けたの？　私が問題にしたいのはそのことなのよ」

「信じて。夕起子さん。ほんとのことよ」

ミチルは哀願するような目をしたが、夕起子にはそれが芝居がかっているとしか思えなかった。「いいわ」とミチルは諦めたように言った。

「先を続けるわ。純平さんが驚いて立ちつくしてると、後ろから声をかけられたの。『大変だよ、あんた。こいつ、死んだんじゃないか』って。見ると三十過ぎくらいの男なのね、それが。その男はつかつかと倒れた男のほうに歩いて行って、脈を取ったり、胸に耳を当てたりしてたんだけど、『死んでるよ』って。純平さん、真っ青になって震えてたの。そしたらその男、言ったのね。『厄介なことになったね。俺、さっきここに入ろうとして、あんたがこの男を投げとばしたとこを見たんだ。いったいどうしたんだい』って。純平さんがただ『わからない、わからない』って首を振ってると、男は気の毒そうにすすめたらしいの。『あんたすぐに逃げたほうがいいよ。どうせ大した奴じゃなさそうだからさ。転んで打ちどころが悪くて死んだんだ、と思われるよ。あんただってこんな面倒を背負い込みたくないだろ』ってね。男は黙ってトイレの外を見回して、誰もいないことを純平さんに合図して、『行きなよ。早く。俺、黙っててやるからさ』って言ったの。怖くなった純平さん、それで一目散に逃げたのよ」

細かい描写には違いなかった。経験した者でなくては、こんな話はできまい。だが、夕起子には到底、信じがたい話だった。

「見事な脚本ね」と彼女は言った。「面白くて怖い話だわ。で、いったいあなたがそんな話をする意図はどこにあるのかしら」

「お願いよ、夕起子さん。疑ってかからないで。ほんとのことなんだから」

「いいわ。聞くわ。それで？　どうしたの？」

「翌日、純平さん、必死になって新聞を買い込んだんだけど、ほら、覚えてるでしょ。その日はジャンボ機が落ちた日で、ニュースは全部、事故関係のものしか載ってなかったのよ」

そう言えばそうだ、と夕起子は思った。あの日……純平がミチルとばったり横浜で出会ったという日の翌日は、飛行機事故のニュースで一日中もちきりだった。テレビで事故のニュースを見ながら食欲をなくしていた純平の姿を、夕起子ははっきり思い出した。

ミチルは真剣な顔つきで夕起を見た。

「山下公園で死体が発見されたという新聞記事は、どこにも見当たらなかったし、これで逃げきれたか、と純平さん、ほっとしたらしいんだけど、その日の夕方、会社に妙な電話が入ったの。山下と名乗る男の声で『山下公園のことで相談したい』って。まちがいなくあの時、自分を見逃してくれた男だということがわかって、純平さん、こわごわ会いに行ったのね。そしたら、その男、会うなり『五万円出せよ。競馬に行くんだ』って」

「ちょっと待ってよ。つまりそれ、脅迫ってこと？」

「ええ、そうなるわ」

「どうして？　どうしてその男が主人の会社名や電話番号を知ってたの。見ず知らずの男だったんでしょ」

「純平さん、男に抱きつかれた時に名刺入れを落としたらしいの。男……つまりその山下って名乗る男は、よく調べていて、お宅の……ここのマンションの住所や電話番号も知ってたそうよ。時々、おかしな電話があったと思うけど」

おかしな電話……。夕起子の背中に軽い戦慄が走った。電話が鳴って、出ると切れてしまったことがあった。何度か……。

「その男、純平さんから小遣いをまきあげ続けたの。でもそれほど多額なお金ではなかったのよ。五万とか多くても十万どまり。知能犯なのよ。一度に何百万ものお金を要求したら、純平さんがかえって脅えて、自分から警察に自首するだろうと考えたのね。そんな危ない橋を渡るよりも、蛇の生殺しみたいに少しずつお金をせびり取っていくほうが、その男にとっては都合がよかったのね」

夕起子が黙りこくったのを見て、ミチルはそれを「信じた」という合図だと勘違いしたようだった。彼女は目尻を下げて、黒く染まった涙を流した。

「大変だったの、夕起子さん。もう、本当に純平さんはこの半年近くの間、地獄だったのよ。ひどい時は週に二度も三度もせびられて」

「……とにかくその先を聞かせて」

「ええ。純平さんは初めのうちは自分の財布から男にお金を出してやっていたのだけど、そのうちとてもそれでは足りなくなったのね。かといって警察に行く勇気もない。そりゃあそうよ。彼が自首したら、その……なんて言うか……仕事や社会的な地位やいろいろなものを一度に失うんですもの。わかるわ、その気持ちは。いくら事故だったとはいっても、相手は死んでしまったんだから」

ミチルは深い溜息をついて、上目づかいに夕起子を見た。

「夕起子さん、私と純平さんとの間に何か関係があると思ってらしたんでしょ。でもそれは大変な誤解よ。純平さんは脅迫されて払えるお金もなくなって、もうどうしようもなくなってから主人のところに相談にいらしたの。ちょくちょく純平さんが遅く帰ってくるようになった時があったでしょう？　その間、彼は鎌倉の私たちの家に来たり、外で私たちと会ったりしてたのよ」

「私たち、って……島崎さんとあなたのこと？」

「それ以外に誰がいる？　ねえ、夕起子さん、信じて欲しいんだけど、私と純平さんは何の関係もないのよ。私は主人と一緒になって純平さんを一時的に助けてあげていただけ。お金、貸してたの。ううん、たいした額じゃないわ。でもそれは純平さんにとって貴重なお金だったと思うわ」

「聞いてるともっともらしいけど、ずいぶん、嘘っぽいお話だわね」

「どうして？」

「だってそうでしょ。主人はずっとそうやってあなたや島崎さんのお世話になるつもりだったって言うの？　どうしてこの私に何も言わなかったの？　考えられないわ」

「そのことは、ご本人から聞いたほうがいいかもしれないけど、とにかく彼はあなたという人に心配をかけたくなかったのよ。彼が失って一番悲しいのは、あなたなのよ。そう言ってたわ。自分が殺人を犯したっていうことを大切な失いたくない人に隠しておいた、っていうことは、そんなに不自然なことじゃないと思うけど」

「わけがわからないわ」と夕起子は言った。「ほんとにわからない」

「私の言うことが信じられないの？」

「信じるも信じないも、そんなことが現実にあり得る？　子供じみてるわ。そうよ。まるで幼稚園児が親に叱られたくないためにこそこそ相談し合って、いたずらを隠してたのと同じことだわ。ねえ、どうしてあなたがたは彼に警察に行くように説得しなかったの？

普通だったらそうするんじゃないの？　だって、いくらこの私に隠しておきたいと思ったにしても、いつかはバレるでしょうに」

「説得？　説得なら何十回となくしたわ。でも彼は一日延ばしにしてた。で、結局、もう限界だ、っていう時になって、島崎が伊豆にダイビングに行く計画を打ち出したわけ。四人でバカンスを楽しみ、帰る前日になったら、私や島崎のいる前で純平さんが夕起子さんに真相を告白し、その足で警察に行く、ってことになってたのよ。それが……それが……それどころじゃなくなってしまった……」

ミチルは嗚咽し、ポシェットからピンク色のハンカチを出して鼻の下に当てがった。

「だいたい、あんな時に四人で旅行なんかできるはずがなかったのよね。夕起子さんには完全に誤解されてるし、純平さんも意気消沈してたし……。おまけに私は自分で作ったサンドイッチに当たってひどくお腹をこわしたし……」

「え？」と夕起子は聞いた。「サンドイッチ？」

「夕起子さん、大丈夫だった？　聞きにくくて聞けなかったんだけど、卵を茹でて冷蔵庫に入れておかなかったんで、あれ、腐ってたみたいなの」

ミチルはそんなことはどうでもいいんだ、と言いたげに大きく息を吸った。

「主人が死んだこと、夕起子さんは不審に思ってらしたんじゃなくて？」

夕起子は黙っていた。ミチルは毅然とした口調で言った。

「あれは事故でした。そうとしか言えない。今となっては、確かめようもないことだけど、あの日、海にはたくさんのウツボがいたのよ。主人は何が嫌いといって、ウツボほど嫌いなものはなかったの。きっと私や純平さんから離れて潜っていた時に、ウツボを見たんだと私は思ってるの。それで一瞬にして冷静さを失ったんだわ。以前にもそんなことがあったのよ。ハワイで潜った時にね。その時は浅い所にいたんで、すぐに水面に上がったから何も起こらなかったんだけど……」

「聞いてなかったわ、そんなこと。昭介さん、私たちにはそんなことちっとも言ってなかったし……」

「恥ずかしかったのよ、きっと。いいカッコしたがる人でもあったから。大の男がウツボ程度でパニックに襲われるなんて、ちょっと人には言えなかったんでしょうね」

ミチルはもの思いに耽った様子で背筋を伸ばした。

「ともかく、昨日の夜、純平さんがうちにいらして、二、三日の間に警察に行くって言ってたわ。男の脅迫は続いていて、ついに純平さんは『払う金がない』って宣言したらしいの。昨日の夜は仏壇に向かってしばらく泣いてらしたわ。借りたお金は必ず返す、って」

夕起子は身動きひとつしないで、じっと考えこんでいた。ミチルの話が真実であってくれることを祈った。身をふりしぼるような思いで、彼女はそう願った。

「どうかした？　夕起子さん」ミチルが心配そうな顔をして夕起子の顔を覗きこんだ。

「なんでもない。悪いけど、ひとりにしていただける？　考えたいの」

「わかるわ」ミチルはハンカチを握りしめると、ゆっくり音をたてずに立ち上がった。

「ショックだったでしょうね。でも、もうすぐ純平さんから電話が入るはずよ。私が今日、ここに来てあなたに一切を打ち明けてること、彼、知ってるから。もっと詳しいことは彼から聞いてください」

夕起子が黙っていると、ミチルはそっと側を通り過ぎ、玄関ホールのところで立ち止まった。

「それからこれは純平さんからの伝言だけど、脅迫してきている男は危険だそうよ。夕起子さん、充分、気をつけてね。知らない人を家に入れちゃだめよ。しっかり鍵もかけてね」

返す言葉を失っている夕起子にそう言うと、ミチルは肩を落して帰って行った。

7

ミチルが出て行ったのを確認すると、夕起子はすぐに玄関に行ってドアの鍵をかけ、長い間、部屋の中をうろついた。わけがわからなかった。いったい何をどう信じたらいいのだろうか。

彼女はミチルの言ったことをひとつひとつ正確に思い出し、検証した。どれもが理にかなっていると言えたし、かなっていないとも言えた。

あれだけ人を悩ませておいて、今ごろになって突然、「あなたの夫は人殺しなのよ」などと言ってくる女の真意はどこにあるのか。こうしたもっともらしい作り話は、島崎昭介が死んでしまった今なら、自由に純平と共に捏造できるではないか。警察沙汰になりそうなことをほのめかしておいて、私が純平から逃げ出すのを待っているのかもしれない。いや、それどころではなく、私にとんでもないことを信じさせておいて下地を固め、後で自殺に見せかけて殺害するつもりだとも考えられる。

それに、もしそれが真実だったにせよ、そうした重大な話を自分の口からではなく、他の女にさせてしまう純平は、いったい何を考えているのだろう。純平とミチルの関係の濃厚さを証明するようなものではないか。

かろうじて自分の中で完成されていた一枚のジグソーパズルが、一挙にばらばらに解体されてしまったような気がした。警察、殺人、脅迫、自首……そういった言葉の群れが夕起子の頭の中に渦巻いた。まさか！　純平がそんなことをするわけがない！

その時、電話のベルが鳴った。反射的に時計を見た。二時半。夕起子はおそるおそる受話器を取った。

「もしもし？」

純平の声がした。夕起子は呼吸を荒らげないよう注意しながら、声をひそめて聞いた。

「どこにいるの？」

「横浜だ。昨夜は横浜にホテルをとったんだ。そっちは変わりはないかい？」

「変わりないか、ですって？」夕起子はかん高い声をあげた。「もしこれを変わりないと言えるんだったら、その通りだと答えてあげてもいいわ」

「……聞いたんだね？」彼は低い声で言った。

「何の話？」

「だから……その……」

「ミチルさんとあなたが作った、ごたいそうなサスペンスストーリーのこと？」

「信じてないのか」

「さあ、まだわからないわ。突然、やって来た亭主の愛人にあんな話を聞かされて、頭から信じる女がいたとしたら、相当な間抜けよね」

沈黙があった。夕起子は心臓が激しく鼓動し出すのを覚えた。本当であってほしいと願った。本当なんだ、嘘じゃない、愛人だと？　この馬鹿野郎、いい加減に目を覚ませよ、それどころじゃなかったんだ、こっちは……夫からそう怒鳴られたかった。

だが、純平は何も言わなかった。ふたりは横浜と目黒とでそれぞれ受話器を握ったまま、押し黙っていた。純平が先に口を開いた。

「これからすぐに帰るよ。すぐにだ。待っててくれ。俺の口からもっと詳しく話すから」

「ミチルさんと同じことを話すつもりなんでしょ？　一度、聞いたら充分よ」

「君は何もわかってないんだ」

「……」

「聞いてるのか、夕起子」

「ええ」と彼女は目をつぶった。不覚にも涙が目尻を伝って流れた。たくさんだ。もう、こんな苦痛はたくさんだ。

「とにかくすぐに帰る。電車のほうが早いと思うから、電車で行く。渋谷からタクシーに乗るよ。そう、三時半には着く」

夕起子は鼻をすすり上げた。「わかったわ」

「それから、言っとくが、脅迫してきている男は相当のワルだ。君の命まで狙いかねない奴なんだよ」

「ふざけないで」

純平はそれには答えなかった。「俺は島崎さんが亡くなってから、一切、金は払ってないんだ。奴は焦ってる。凶暴な奴だ。右の腕一面になんだかわけのわからない火傷の跡がある。薄気味の悪いいやな野郎だ」

「腕に火傷の跡がある男だなんて」と夕起子は力なく笑ってみせた。「ずいぶんリアリティのある話じゃないの」

純平は少しの間、黙りこくった。「頼む、信じてくれ。あの火傷の跡のある男は、何をしでかすかわからない。くれぐれも気をつけるんだよ。女房が死んだら保険金がおりるだろ、って俺に言ったんだ。その金をこっちに回せばいいじゃないか、って。奴が何を企んでるか、わかるだろう」

さすがに夕起子は言葉が出なかった。ブーッと音がした。純平は「もう細かい金がない」と言った。

「俺が悪かったんだ。俺さえあの小男を殺さなかったら……」

「……じゃあ、ほんとなの？　あの話、ほんとなの？」

「君が信じないとしたら」と純平は溜息まじりに言った。「警察でもこの話を信じてくれないだろうよ」

「ひとつ聞かせて。ミチルさんとは本当になんでもなかったの？」

「何もない。あるはずがない。彼女は俺を助けてくれただけだ」

「どうしてもっと早く私に相談してくれなかったの」

「……俺はだめな男なんだ。臆病でびくびくしてて、とても君には……」

鈍い音がして、電話は切れた。

8

チャイムが鳴った時、夕起子は簡単な化粧をし終え、部屋着に着替えたところだった。時計を見ると三時ちょうどだった。純平か、と思ったが、いくら急いで帰っても横浜から電車を乗りついでこんなに早く着くはずはなかった。彼女はおもむろに玄関に行き、「はい？」と声を出した。

「こんにちは」男の声が言った。聞いたことがある声。夕起子は身体を屈めてドアスコープから外を覗いた。

立っていたのは昨夜の男だった。手に大きな赤い薔薇の花束を持っている。自分が見られていることを知っているのか、男はスコープのほうに向かって微笑んだ。

「会いたくなって来てしまいました」

夕起子は一瞬、絶句した。どうしたらいいのだろう。今さらこんな男には何の用もない。昨夜のことはただのうさ晴らしに過ぎなかったのだ。

「どうしてここがわかったの？」夕起子ははっきりとわかるような迷惑そうな声で聞いた。男はもう一度、微笑んでみせた。

「それはひどいなあ。奥さんをタクシーで送って来たのは僕ですよ」

それにしても何故、部屋番号までわかったのだろうか。後をつけてきたのだろうか。さんざん酔っていたから、ちっとも気がつかなかった。冗談じゃない。今は純平のことで頭がいっぱいなのだ。それにこんな男がドアの前に立っているところを純平に見られたら、妙な誤解を受けるではないか。

「ごめんなさい。お帰りになって」夕起子は言った。「もうすぐ主人が戻りますから」

男は大袈裟《おおげさ》に溜息をつき、学芸会で子供がロミオを演じるように、泣きそうな顔をして薔薇の花束の中に顔をうずめてみせた。それはぞっとする仕種《しぐさ》で、おまけに男の顔は醜悪といっていいほど品がなく見えた。昨夜、この男のことを一瞬でも気に入った自分のことが夕起子はどうしても信じられなかった。

「もういらっしゃらないでくださいな。お願いします」

「まあ、いいでしょう。突然、こんな訪問をした僕が悪いんです」と男は驚くほど素直に答えた。「でも、この花だけは受け取ってください。せっかく奥さんのために買ったんですから」

ばかばかしい。花束どころの心境ではないのだ。夕起子は、毅然と言った。

「結構よ。持って帰ってちょうだいな」

「ひどいな、奥さん。受け取るくらい、いいじゃないか。受け取ってくれるまで僕はここを動きませんよ」

「じゃあ、そこに置いていったらどう?」

男は露骨に品のない舌打ちをした。「いやですね。僕は奥さんに手渡したいんだ」

夕起子は溜息をついた。こんなことをしているうちに、純平が帰って来てしまう。

彼女は二カ所についている鍵をはずし、ドアチェーンをかけたまま、ドアを開けた。男はくすくす笑った。

「用心深いんだな。そんな開け方じゃ、このでっかい花束は渡せませんよ」

確かにその通りだった。ドアチェーンをかけたままその花束を受け取ろうとするならば、花の大部分を台無しにしなければならない。夕起子は観念した。受け取ってやれば、多分、おとなしく帰るだろう。いくらなんでも、きちんとプロダクションを経営している男が、たまたま出会った人妻をいつまでも追いまわすとは考えにくい。

彼女はドアチェーンをはずし、ドアを開けた。男はにやにや笑いながら、玄関に入って来た。

「困るわ。本当に今すぐ主人が帰って来るのよ」

男の後ろで自動的にドアが閉まった。夕起子は言いようのない恐怖にかられた。男は目を大きく見開きながら、彼女の肩に腕を伸ばした。男の白いブルゾンの袖がめくれて太い腕がむき出しになった。夕起子は息をのんで押し黙った。男の右腕には、一面に紫色の火傷の跡が走っていた。

そいつの腕にはひどい火傷の跡があるんだ……夫の言葉が夕起子の脳裏を駆けめぐった。そんな！　そんな馬鹿な！

長く細い悲鳴を上げようとして、夕起子は口を開いた。だが、男の固い、冷凍肉か何かのような手の平が彼女の口をぴったりと塞いだ。薔薇の花束が飛び散った。

男はいやな匂いのする息を吐きながら、細い紐のようなものを取り出した。夕起子は一瞬にして、自分が置かれている恐ろしい立場を理解した。ミチルから聞いた話、たった今、電話で聞いた純平の話の断片が、またたく間につながり合い、彼女を恐怖のどん底にたたきつけた。

「あんたの亭主には稼いでもらわんとな。さもなきゃ、亭主はムショ行きなんだぜ。こうしてあんたが死ねばガッポリ保険金が入る。亭主を救ってやれよ、奥さん」

紐が夕起子の首にかけられた。喉がつまり、鬱血《うっけつ》が激しくなって、目がかすんだ。息ができない。

私は世界一の大馬鹿者だ、と夕起子は思った。疑うのもほどほどに……どこかの人生相談に書かれてあった言葉が頭に甦った。猜疑心はともすれば人を殺すための武器にもなる……そんな言葉も思い出した。私は自分の猜疑心のために殺されるんだわ。

どのくらいの時間がたったのかわからない。三十分たったようにも思えたし、数秒しかたっていないようにも思えた。

薄れていく意識の中で夕起子がこの世の最後に見たものは、玄関ホールに飾ってある、つがいのオシドリを描いた絵皿だけだった。

9

鎌倉の自宅に帰ったミチルは、まず夫の位牌に向ってことの次第を報告した。

「あなたさえ、こんなことになってしまわなかったら……」と彼女はすすり泣いた。仏壇の中の遺影は、黙って微笑んでいた。

あの夫婦と知り合ったのが間違いだった、と彼女はまたしても思った。純平と夕起子は時に、ミチルにとって悪魔にも思えた。彼ら自身が悪いのではない。それはよくわかっている。だが、彼らが存在していること自体が悪なのだ。彼らの存在が周囲の人間たちを巻き込み、地獄に向かって運命の糸を操ってしまうのだ。

「私たちは」とミチルは遺影に向かってつぶやいた。「つくづく、お人好しだったわね」

彼女は頭を強く横に振った。いけない。こう考えてはいけない。少なくとも、伊豆であの夫婦と知り合ってからは、友達ができた楽しさに溺れることができたのだし、それに純平さんだって、夕起子さんだって、それなりに不運に見舞われたのだ。彼らを悪く思うのは見当はずれだ。

彼女は放心したように長い間、仏間に坐っていたが、やがて気を取りなおして居間に行った。居間のマガジンラックの中に、今朝、読みもしないで放っておいた朝刊が入っている。気休めになる記事でも探そうという軽い気持ちで、彼女は朝刊を拡げ、煙草をくわえた。社会面を開いて、ちらりと意味もなく庭を眺め、もう一度、目を落とした。

その記事は、彼女を小さく叫ばせた。彼女は火をつけたばかりの煙草をもみ消し、繰り返し、二度読んだ。何度、読んでも同じだった。

「電話」と彼女はひとりで叫んだ。電話機はすぐそばにあった。記憶の襞《ひだ》にたたみこまれていたはずの電話番号がなかなか思い出せなかった。彼女は舌打ちをし、次いで仏間に走って、置き忘れていたポシェットの中からアドレス帳を取り出した。

折原純平、夕起子と書かれた欄の電話番号を空で覚えた。「ああ」と彼女は呻いた。「こんなことってあるの？」

再び、居間に駆け戻った。プッシュホンのボタンを押した。指がすべった。息が荒く胸が苦しかった。コール音を待ちながら、壁にかかっている大きな時計を見た。三時四十五分だった。

10

純平が自宅マンションに戻ったのは三時半少し前だった。

自分の部屋のチャイムを鳴らし、いつものようにスリッパの音をたてながら走って来る妻の気配に耳をすました。だが、中からは何も聞こえなかった。

彼はもう一度、チャイムを鳴らし、同時にドアノブを回した。ドアは簡単に開いた。

彼が最初に見たものは、血のように赤い薔薇の花弁に囲まれて廊下に倒れている妻の姿だった。彼は足がすくんだ。「馬鹿な」と言おうとして、喉が詰まった。

近くに寄ってみた。妻のふくよかな胸は、剝製にした鳥の胸のように盛り上がったまま動かなかった。彼はそっとひざまずき、手をとった。まだ暖かい。彼はすすり泣いた。

すでにすべては遅すぎた。純平は血の海から妻を救いだすかのように、薔薇の花弁を取り除き、静かに彼女の身体を抱き上げた。

ソファーの上に運び、痛々しい鬱血の跡を隠すようにして、彼女の首に自分の着ていた背広をかけてやった。恐怖のために開かれたままになっていた目をそっと閉じてやると、まるで昼寝をしているだけのように見えた。彼は顔を歪ませながら妻の額にかかる髪の毛をかき上げ、頭を抱いて、そのまぶたに唇をつけた。

いくら後悔しても、取り戻せるものは何ひとつなかった。彼は殺人者である自分を呪い、臆病が災いして結果的には何もかもぶちこわしにしてしまった自分の馬鹿さ加減を呪った。

昔からそうだったように、俺は、気弱なりにおとなしく世間の波に身をまかせて生きていればよかったんだ。島崎夫妻と知り合って、自分が何かのドラマにあるような華やかな生活ができる、と有頂天になった。あれがそもそもの間違いだったのだ。

俺のいい加減な甘ったれた性格のために三人の人間が死んだ。あの小男、昭介さん、そして妻の夕起子……。せめてもっと早く、夕起子に打ち明けていたら……。

最後に自分を救ってやりたい、と思った。このまま生きながらえる勇気はなかった。彼はそっと立ち上がり、しばらくの間、妻を見下ろしながら嗚咽《おえつ》を繰り返していたが、やがて弾かれたように駆け出し、居間のサッシ戸を開け放った。

ベランダから見る九月の空は、青々と輝いていた。六階のベランダから、その空に向かって飛び込むのは、彼がこれまで生きてきた中でもっとも勇気のいることだった。だが同時に、彼にはもっとも簡単なことのように思えた。

手すりに足をかけようとした時、居間の電話がけたたましく鳴った。電話？　何を今さら！

彼はそのベルの音を遠くに聞きながら、ゆっくりと手すりに両足をかけ、そして空に向かってジャンプした。

エピローグ

九月四日付「A新聞」朝刊より抜粋。

元フライ級チャンピオンが死んだふり？　悪質な恐喝で逮捕

『偶然、公園の公衆トイレなどで居合わせた人にからみつき、相手に殴らせるなどして死んだふりをした後、仲間に恐喝させていた男が三日夕、警察に恐喝の疑いで逮捕された。

この男は千葉市内の暴力団組員、無職斉藤虎雄（43）で、斉藤は先月二十日夜、墨田区内にある公園の公衆トイレで用を足していた墨田区の会社員Aさん（51）に抱きつき、Aさんに殴られて死んだふりをした。斉藤の仲間があらかじめ打ち合わせておいた通りにAさんに近づき「目撃したが黙っててやる。逃げなさい」と指示。Aさんが逃げると、翌日、Aさんの自宅に電話して「二十万円出せ。出さないと会社に密告してやる」と恐喝した。Aさんは要求に応じて二十万円を支払ったが、その後、こわくなり、警察に届けた。墨田署が変死者の照合をしたが、Aさんの届けたような事実はなく、斉藤らの犯行が明るみに出た。

斉藤は犯行は認めたものの、共犯の男に関しては黙秘を続けている。Aさんの話によると、恐喝してきた男は中肉中背で面長、白っぽいジャンパーを着ており、右腕全体に大きな火傷の跡があったという。

なお、斉藤は元ボクサーで、かつては全日本フライ級チャンピオンになったこともある。その後、身体をこわしたために引退し、暴力団関係者とつきあうようになった。警察では同様の手口でかなりの数の余罪があると見て、斉藤を追及している』

あとがき

本書は、私にとっての初めての短編小説集になります。

ミステリを読む側から、一転して書く側にまわって、はや四年半。書き始めた当初は、一生に一冊だけ、気に入ったミステリが書ければいい……などと無欲な心境でいたわけですが、書き続けるに従って、「まだ書ける」「もっと書こう」という欲が出てきたようです。

そのせいか、書き下ろし長編を五作出す合間に、雑誌に書かせていただいた短編が、あれよあれよ、という間にたまってしまいました。その中から、比較的、雰囲気の共通するものを七編選び、一冊にまとめたのが本書です。

ただし、〝雰囲気が共通する〟と言っても、純然たるサスペンスものあり、ホラーまがいのものあり……で、統一性を欠くものになってしまいました。だから、厳密に言えば、本書は〝ミステリ短編集〟ではなく、ちょっと長ったらしくはありますが、〝幻想・怪奇・サスペンス集〟……とでも呼んだほうがいいのかもしれません。

よく言われることですが、長編ミステリと短編ミステリは、その妙味の在り方がまったく違っています。ひとつの素材を複雑に、丁寧に、深く掘り下げて描くことが長編ミステリの妙味だとすると、短編ミステリの妙味は、短い原稿枚数の中に物語を凝縮させて、鮮やかに決める……ということになるでしょうか。

その〝鮮やかに決める〟ということが出来なければ、短編ミステリは大味になってしまう、と私は考えています。最後まで読んでくれた読者に、「なんだ。これだけだったの？」と思われないよう、ハラハラドキドキさせたあげく、最後に、ポーンと足をすくって差し上げなければならないわけです。

一口で言うと簡単ですが、これがなんとも難しい。理屈ではわかっていても、なかなか思うようにいかない。たとえば、ぼんやりと洗濯などをしている時に、ふっとアイデアが浮かび、よし、これはいける、と思ってノートにメモし、後日、物語を練ってみると、なんだ、全然、面白くないじゃないの、とがっかりして、結局、ごみ箱行きということはざらにあります。

かと思うと、浮かんだアイデアがちょっと面白くないな、と思っていても、いざ物語にしてみると、結構、満足のいくものに仕上がったりすることもある。長編と違って短期決戦型の勝負をしなければならない短編ミステリは、時の運に左右されると言うのでしょうか。まことに摩訶不思議なものだとつくづく思います。
最後に、『見えない情事』というタイトルに素敵にマッチする絵を提供してくださった画家の落田洋子さん、そして、私がミステリを書き出して間もないころから、短編小説集をハードカバーで出そうと提案し、励まし続けてくださった中央公論社の新名新氏に、この場を借りて心からの御礼を申し上げます。

一九八八年三月二十一日——東京ドームで大好きなマイク・タイソンがトニー・タッブス戦を二ラウンドKOで鮮やかに決めた楽しい日に。

小池真理子

本書は一九九二年七月中公文庫より刊行されました。

双葉文庫

こ-05-17

見《み》えない情事《じょうじ》

2021年5月16日　第1刷発行

【著者】
小池真理子《こいけまりこ》

【発行者】
箕浦克史
【発行所】
株式会社双葉社
〒162-8540 東京都新宿区東五軒町3番28号
［電話］03-5261-4818(営業)　03-5261-4831(編集)
www.futabasha.co.jp（双葉社の書籍・コミックが買えます）
【印刷所】
大日本印刷株式会社
【製本所】
大日本印刷株式会社
【カバー印刷】
株式会社久栄社
【DTP】
株式会社ビーワークス
【フォーマット・デザイン】
日下潤一

ISBN978-4-575-52468-0 C0193
Printed in Japan